가고 싶은 길

강원도 문학기행

봄·여름·가을·겨울

가고 싶은 길

강원도 문학기행 봄·여름·가을·겨울

초판 1쇄 2018년 9월 10일

글쓴이 | 김을용·이현애·임영옥·한명숙
펴낸곳 | 도서출판 단비
펴낸이 | 김준연
편집 | 김성은
디자인 | 구민재page9
등록 | 2003년 3월 24일(제2012-000149호)
주소 | 경기도 고양시 일산서구 일중로 30, 505동 404호(일산동, 산들마을)
전화 | 02-322-0268
팩스 | 02-322-0271
전자우편 | rainwelcome@hanmail.net

ISBN 979-11-6350-003-2 03810

값 15,000원

이 도서의 국립중앙도서관 출판시도서목록(CIP)은
e-CIP 홈페이지(http://www.nl.go.kr/ecip)에서 이용하실 수 있습니다.
(CIP제어번호: CIP2018027191)

가고 싶은 길

강원도 문학기행
봄·여름·가을·겨울

김을용·이현애·임영옥·한명숙 글

단비 danbi

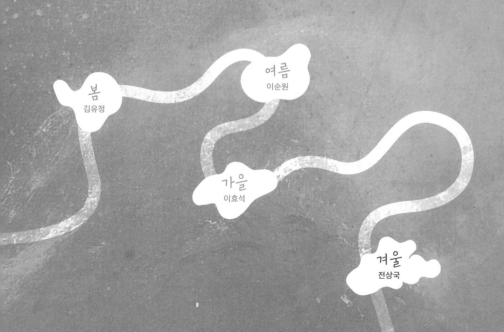

봄
김유정

여름
이순원

가을
이효석

겨울
전상국

가 보지 못한 길이
가 본 길이 되는 동안

　교사로 살면서 우리에겐 작은 소망이 하나 있었다. 수업 시간에 아이들과 문학 작품을 함께 읽을 때 작품의 배경이 되는 곳을 답사하고 그곳에서 소설의 '자리'를 생생하게 느끼며 작품의 세계에 오롯이 젖어 드는 시간을 갖고 싶다는 것이었다.

　김유정의 〈동백꽃〉을 읽을 땐 춘천의 실레마을에 가서 '알싸하고 향긋한' 노란 동백꽃의 향을 직접 맡아도 보고, 이효석의 〈메밀꽃 필 무렵〉을 읽을 땐 봉평의 오일장을 구경하고 '소금을 뿌린 듯' 온통 하얀, 달밤의 메밀밭을 직접 걸어 보고도 싶었다.

　전국을 다니진 못 하더라도 우리가 사는 강원도를 배경으로 하는 작품만이라도 문학과 여행을 겸한 강원도 문학 답사 지도를 만들면 좋겠다는 생각을 했다. 그러나 이런저런 일들로 저마다 바쁘게 사는 동안 이 일은 10년이 넘도록 미뤄져 왔다.

그 사이 각자 근무하는 학교에서 강원도 대표 작가들의 작품을 읽고 학생, 학부모, 교사가 함께 문학 기행을 떠나 '길 위의 낭독회'를 열기도 하고, 1박 2일 독서 문화 기행을 다녀오기도 했다. 길을 걷다 보면 어느 결에 이야기 속으로, 살아온 날들 속으로, 때로는 강원도 산하의 아름다움 속으로 빠져들어 아련한 기억을 다시 찾고는 했다. 어느새 자신이 소설 속의 인물과 하나가 되는 것을 느끼기도 하고, 말투와 몸짓, 생각마저도 따라갔으며 때로는 인물들이 주고받는 말이 입 안에서 저절로 되풀이되기도 했다.

이번에 우리는 봄, 여름, 가을, 겨울 사계절 동안 작품을 다시 읽고 그 흔적을 찾아 떠나는 시간을 가졌다. 봄에 춘천의 실레마을, 여름에 강릉 대관령 옛길, 가을에 봉평 메밀밭, 겨울에 홍천 와야리고개를 함께 걸었다. 작품 속의 인물이 되고 작가가 되어 그들이 걸었던 길을 따라 걷는 경험은 우리에게 새로운 기쁨을 안겨 주었다. 여럿이 함께 그 길을 가는 동안 작품 속의 인물들과 소설을 온전히 담고 있는 '공간'에 대해 깊이 느끼며 많은 이야기들을 나누었다. 길 위에서 작품은 더 생생하게 살아나 우리에게 말을 걸어 주었다.

'자세히 보아야 예쁘고, 오래 보아야 사랑스럽다.'는 어느 시인의 말처럼 자세히 오래 본 작가와 작품과 그 흔적이 한없이 예쁘고, 사랑스럽게 다가왔다. 우리가 걷는 동안 눈 맞추었던 강원도의 산과 고개, 부드러운 흙과 나무들, 풀숲에서 한없이 순하고 맑은 얼굴을 보여 주었던 들꽃들과 머릿속을 환하게 밝혀 준 청아한 새소리, 우리의 마음을 사로잡은 바람 소리, 계곡 물 소리, 뭐라 표현할 수 없게 완벽한 하늘빛, 겨울 들판을 순백으로 덮은 흰 눈에 감사한다. 작품의 배경을 따라 함께 걷는 동안 우리는 강원도의 자연이 지닌 순연한 아름다움에 매료되었다.

강원도를 배경으로 하는 소설이 많고 강원도를 작품에 담은 작가들도 많은데 이 책에 다 담지 못하는 점이 아쉽지만 앞으로 만들어 갈 문학 답사 지도의 시작이라는 점에 의미를 두고 싶다. 이 책을 통해 우리 마음에 스몄던 문학의 아름다운 울림을 다른 이들과 함께 나누고 싶다. 샘처럼 솟아나는 설렘으로 좀 더 많은 사람들이 읽고, 느끼고, 걸으면 좋겠다.

자신의 시선과 느낌을 살려 실레이야기길, 대관령 옛길, 와야리 고갯길 지도를 그려 준 춘천여고 정재희, 효석문화마을 지도를 그려 준 현천고 박승미 두 학생과 사계절 동안 문학 답사에 동행해 준 허보영 선생님께 고마운 마음을 전한다. 또한 작품을 깊게 읽고 배경지를 찾아 떠나는 문학 답사의 의미를 귀하게 보고 이렇게 책으로 만들어 준 단비출판사 김준연 대표께도 감사드린다.

넘어짐을 무릅쓰면서도 현재의 삶을 무연히 바라보기 위해 우리는 길 떠날 채비를 한다. '가 보지 못한 길이 가 본 길'이 되는 동안 우리의 삶도 더 깊어지리라 믿는다.

2018년 9월

김을용, 이현애, 임영옥, 한명숙

봄

봄·봄

1935, 김유정 作

산골 나그네

1933, 김유정 作

봄·봄

김유정

"장인님! 인젠 저……."

내가 이렇게 뒤통수를 긁고, 나이가 찼으니 성례를 시켜 줘야 하지 않겠느냐고 하면 대답이 늘,

"이 자식아! 성례구 뭐구 미처 자라야지!"

하고 만다.

이 자라야 한다는 것은 내가 아니라 장차 내 아내가 될 점순이의 키 말이다.

내가 여기에 와서 돈 한 푼 안 받고 일하기를 삼 년 하고 꼬박이

일곱 달 동안을 했다. 그런데도 미처 못 자랐다니까 이 키는 언제야 자라는 겐지 짜장 영문 모른다. 일을 좀 더 잘해야 한다든지, 혹은 밥을(많이 먹는다고 노상 걱정이니까) 좀 덜 먹어야 한다든지 하면 나도 얼마든지 할 말이 많다. 허지만 점순이가 아직 어리니까 더 자라야 한다는 여기에는 어째 볼 수 없이 고만 벙벙하고 만다.

이래서 나는 애초에 계약이 잘못된 걸 알았다. 이태면 이태, 삼 년이면 삼 년, 기한을 딱 작정하고 일을 했어야 원 할 것이다. 덮어놓고 딸이 자라는 대로 성례를 시켜 주마, 했으니 누가 늘 지키고 섰는 것도 아니고, 그 키가 언제 자라는지 알 수 있는가. 그리고 난 사람의 키가 무럭무럭 자라는 줄만 알았지 붙박이 키에 모로만 벌어지는 몸도 있는 것을 누가 알았으랴. 때가 되면 장인님이 어련하랴 싶어서 군소리 없이 꾸벅꾸벅 일만 해 왔다. 그럼 말이다, 장인님이 제가 다 알아차려서

"어 참 너 일 많이 했다. 고만 장가들어라."

하고 살림도 내주고 해야 나도 좋을 것이 아니냐. 시치미를 딱 떼고 도리어 그런 소리가 나올까 봐서 지레 펄펄 뛰고 이 야단이다. 명색이 좋아 데릴사위지 일하기에 싱겁기도 할 뿐더러 이건 참 아무것도 아니다.

숙맥이 그걸 모르고 점순이의 키 자라기만 까맣게 기다리지 않았나.

언젠가는 하도 갑갑해서 자를 가지고 덤벼들어서 그 키를 한번

재 볼까 했다마는, 우리는 장인님이 내외를 해야 한다고 해서 마주
서 이야기도 한마디 하는 법 없다. 우물길에서 언제나 마주칠 적이
면 겨우 눈어림으로 재 보고 하는 것인데 그럴 적마다 나는 저만큼
가서

"제-미 키두!"

하고 논둑에다 침을 퉤, 뱉는다. 아무리 잘 봐야 내 겨드랑(다른
사람보다 좀 크긴 하지만) 밑에서 넘을락 말락 밤낮 요 모양이다. 개
돼지는 푹푹 크는데 왜 이리도 사람은 안 크는지, 한동안 머리가
아프도록 궁리도 해 보았다. 아하, 물동이를 자꾸 이니까 뼉다귀가
움츠러드나 보다, 하고 내가 넌짓넌짓이 그 물을 대신 길어도 주었
다. 뿐만 아니라 나무를 하러 가면 성황당에 돌을 올려놓고,

"점순이의 키 좀 크게 해 줍소사. 그러면 담엔 떡 갖다 놓고 고
사 드립죠니까."

하고 치성도 한두 번 드린 것이 아니다. 어떻게 돼먹은 킨지 이
래도 막무가내니……. 그래 내 어저께 싸운 것이지 결코 장인님이
밉다든가 해서가 아니다.

모를 붓다가 가만히 생각을 해 보니까 또 싱겁다. 이 벼가 자라
서 점순이가 먹고 좀 큰다면 모르지만 그렇지도 못 한 걸 내 심어
서 뭘 하는 거냐, 해마다 앞으로 축 불거지는 장인님의 아랫배(그
배가 너무 먹는 걸 모르고 냇병이라나, 그 배)를 불리기 위하여 모를 심
곤 조금도 싫지 않다.

"아이구 배야!"

난 물 붓다 말고 배를 쓰다듬으면서 그대로 논둑을 기어올랐다. 그리고 겨드랑에 꼈던 벼 담긴 키를 그냥 땅바닥에 털썩, 떨어치며 나도 털썩 주저앉았다. 일이 암만 바빠도 나 배 아프면 고만이니까, 아픈 사람이 누가 일을 하느냐. 파릇파릇 돋아 오른 풀 한 숲을 뜯어 들고 다리의 거머리를 쑥쑥 문대며 장인님의 얼굴을 쳐다보았다.

논 가운데서 장인님도 이상한 눈을 해 가지고 한참 날 노려보더니,

"넌 이 자식, 왜 또 이래 응?"

"배가 좀 아파서유!"

하고 풀 위에 슬며시 쓰러지니까 장인님은 약이 올랐다. 저도 논에서 철벙철벙 둑으로 올라오더니 잡은 참 내 멱살을 옹켜잡고 뺨을 치는 것이 아닌가.

"이 자식아, 일허다 말면 누굴 망해 놀 속셈이냐. 이 대가릴 까 놀 자식?"

우리 장인님은 약이 오르면 이렇게 손버릇이 아주 못됐다. 또 사위에게 이 자식 저 자식 하는 이놈의 장인님은 어디 있느냐. 오죽해야 우리 동리에서 누굴 물론하고 그에게 욕을 안 먹는 사람은 명이 짜르다 한다. 조그만 아이들까지도 그를 돌아 세 놓고 욕필이 (본 이름이 봉필이니까) 욕필이, 하고 손가락질을 할 만치 두루 인심을 잃었다. 하나 인심을 정말 잃었다면 욕보다 읍의 배 참봉 댁 마

름으로 더 잃었다. 번이 마름이란 욕 잘하고, 사람 잘 치고, 그리고 생김 생기길 호박개 같아야 쓰는 거지만 장인님은 외양에 똑 됐다. 장인게 닭 마리나 좀 보내지 않는다든가 애벌논 때 품을 좀 안 준다든가 하면 그 해 가을에는 영락없이 땅이 뚝뚝 떨어진다. 그러면 미리부터 돈도 먹고 술도 먹이고 안달재신으로 돌아치던 놈이 그 땅을 슬쩍 돌아앉는다. 이 바람에 장인님 집 외양간에는 눈깔 커다란 황소 한 놈이 절로 엉금엉금 기어들고, 동리 사람들은 그 욕을 다 먹어 가면서도 그래도 굽신굽신하는 게 아닌가- 그러나 내겐 장인님이 감히 큰소리할 계제가 못 된다. 뒷생각은 못 하고 뺨 한 개를 딱 때려 놓고는 장인님은 무색해서 덤덤히 쓴침만 삼킨다. 난 그 속을 퍽 잘 안다. 조금 있으면 갈도 꺾어야 하고 모도 내야 하고, 한창 바쁜 때인데 나 일 안 하고 우리 집으로 그냥 가면 고만이니까. 작년 이맘때도 트집을 좀 하니까 늦잠 잔다고 돌멩이를 집어 던져서 자는 놈의 발목을 삐게 해 놨다. 사날씩이나 건승 꿍, 꿍, 앓았더니 종당에는 거반 울상이 되지 않았는가.

"얘, 그만 일어나 일 좀 해라. 그래야 올갈에 벼 잘되면 너 장가 들지 않니."

그래 귀가 번쩍 떠서 그날로 일어나서 남이 이틀 품 들일 논을 혼자 삶아 놓으니까 장인님도 눈깔이 커다랗게 놀랐다. 그럼 정말로 가을에 와서 혼인을 시켜 줘야 온 경우가 옳지 않겠나. 벼섬을 척척 들여 쌓아도 다른 소리는 없고 물동이를 이고 들어오는 점

순이를 담배통으로 가리키며,

"이 자식아 미처 커야지 조걸 무슨 혼인을 한다구 그러니 원!"

하고 남 낯짝만 붉혀 주고 고만이다. 골김에 그저 이놈의 장인님, 하고 댓돌에다 메꽂고 우리 고향으로 내뺄까 하다가 꾹꾹 참고 말았다.

참말이지 난 이꼴 하고는 집으로 차마 못 간다. 장가를 들러 갔다가 오죽 못났어야 그대로 쫓겨 왔느냐고 손가락질을 받을 테니까······.

논둑에서 벌떡 일어나 한풀 죽은 장인님 앞으로 다가서며,

"난 갈 테야유, 그동안 사경 쳐 내슈."

"너 사위로 왔지 어디 머슴 살러 왔니?"

"그러면 얼찐 성례를 해 줘야 안 하지유. 밤낮 부려만 먹구 해 준다, 해 준다······."

"글쎄, 내가 안 하는 거냐, 그년이 안 크니까······."

하고 어름어름 담배만 담으면서 늘 하는 소리를 또 늘어놓는다.

이렇게 따져 나가면 언제든지 늘 나만 밑지고 만다. 이번엔 안 된다 하고 대뜸 구장님한테로 판단 가자고 소맷자락을 내끌었다.

"아, 이 자식아, 왜 이래 어른을."

안 간다고 뻗디디고 이렇게 호령은 제 맘대로 하지만 장인님 제가 내 기운은 못 당한다. 막 부려먹고 딸은 안 주고, 게다 땅땅 치는 건 다 뭐야······.

그러나 내 사실 참 장인님이 미워서 그런 것은 아니다.

그 전날, 왜 내가 새고개 맞은 봉우리 화전밭을 혼자 갈고 있지 않았느냐. 밭 가생이로 돌 적마다 야릇한 꽃내가 물컥물컥 코를 찌르고 머리 위에서 벌들은 가끔 붕, 붕, 소리를 친다. 바위틈에서 샘물 소리밖에 안 들리는 산골짜기니까 맑은 하늘의 봄볕은 이불 속같이 따스하고 꼭 꿈꾸는 것 같다. 나는 몸이 나른하고 몸살(을 아직 모르지만 병)이 나려고 그러는지 가슴이 울렁울렁하고 이랬다.

"어러이! 말이! 맘 마 마……."

이렇게 노래를 하며 소를 부리면 여느 때 같으면 어깨가 으쓱으쓱한다. 웬일인지 밭을 반도 갈지 않아서 온몸이 맥이 풀리고 대고 짜증만 난다. 공연히 소만 들입다 두들기며,

"안야! 안야! 이 망할 자식 소(장인님의 소니까) 대리를 꺾어 줄라."

그러나 내 속은 정말 안야 때문이 아니라 점심을 이고 온 점순이의 키를 보고 울화가 났던 것이다.

점순이는 뭐 그리 썩 예쁜 계집애는 못 된다. 그렇다구 또 개떡이냐 하면 그런 것도 아니고, 꼭 내 아내가 돼야 할 만치 그저 툽툽하게 생긴 얼굴이다. 나보다 십 년이 아래니까 올해 열여섯인데 몸은 남보다 두 살이나 덜 자랐다. 남은 잘도 훤칠히들 크건만 이건 위아래가 뭉툭한 것이 내 눈에는 헐없이 감참외 같다. 참외 중에는 감참외가 제일 맛 좋고 예쁘니까 말이다. 둥글고 커다란 눈은 서글

서글하니 좋고 좀 지쳐 찢어졌지만 입은 밥술이나 톡톡히 먹음직하니 좋다. 아따, 밥만 많이 먹게 되면 팔자는 고만 아니냐. 헌데한 가지 파가 있다면 가끔가다 몸이(장인님은 이걸 채신이 없이 들까분다고 하지만) 너무 빨리빨리 논다. 그래서 밥을 나르다가 때 없이 풀밭에서 깻빡을 쳐서 흙투성이 밥을 곧잘 먹인다. 안 먹으면 무안해할까 봐서 이걸 씹고 앉았노라면 으적으적 소리만 나고 돌을 먹는겐지 밥을 먹는 겐지…….

그러나 이날은 웬일인지 성한 밥 채로 밭머리에 곱게 내려놓았다. 그리고 또 내외를 해야 하니까 저만큼 떨어져 이쪽으로 등을향하고 웅크리고 앉아서 그릇 나기를 기다린다.

내가 다 먹고 물러섰을 때, 그릇을 와서 챙기는데, 난 깜짝 놀라지 않았느냐. 고개를 푹 숙이고 밥함지에 그릇을 포개면서 날더러들으라는지, 혹은 제 소린지.

"밤낮 일만 하다 말 텐가!"

하고 혼자서 쫑알거린다. 고대 잘 내외하다가 이게 무슨 소린가, 하고 난 정신이 얼떨떨했다. 그러면서도 한편 무슨 좋은 수가있는가 싶어서 나도 공중을 대고 혼잣말로

"그럼 어떡해?"

하니까,

"성례시켜 달라지 뭘 어떡해……."

하고 되알지게 쏘아붙이고 얼굴이 발개져서 산으로 그저 도망

질을 친다.

　나는 잠시 동안 어떻게 되는 셈판인지 맥을 몰라서 그 뒷모양만 덤덤히 바라보았다.

　봄이 되면 온갖 초목이 물이 오르고 싹이 트고 한다. 사람도 아마 그런가 보다, 하고 며칠 내에 부쩍(속으로) 자란 듯싶은 점순이가 여간 반가운 것이 아니다.

　이런 걸 멀쩡하게 안직 어리다구 하니까…….

　우리가 구장님을 찾아갔을 때 그는 싸리문 밖에 있는 돼지우리에서 죽을 퍼 주고 있었다. 서울엘 좀 갔다 오더니 사람은 점잖아야 한다구 옷섶이(얼른 보면 지붕 위에 앉은 제비 꼬랑지 같다.) 양쪽으로 뾰족이 뻗치고 그걸 에헴, 하고 늘 쓰다듬는 손버릇이 있다. 우리를 멀뚱히 쳐다보고 미리 알아챘는지,

　"왜 일들 허다 말구 그래?"

　하더니 손을 올려서 그 에헴을 한 번 후딱 했다.

　"구장님! 우리 장인님과 츰에 계약하기를……."

　먼저 덤비는 장인님을 뒤로 떠다밀고 내가 허둥지둥 달려들다가 가만히 생각하고,

　"아니 우리 빙장님과 츰에."

　하고 첫 번부터 다시 말을 고쳤다. 장인님은 빙장님, 해야 좋아하고 밖에 나와서 장인님, 하면 괜스레 골을 내려 든다. 뱀두 뱀이래야 좋으냐구 창피스러우니 남 듣는 데는 제발 빙장님, 빙모님 하

라구 일상 당조짐을 받아 오면서 난 그것도 자꾸 잊는다.

당장도 장인님 하다 옆에서 내 발등을 꾹 밟고 곁눈질을 흘기는 바람에야 겨우 알았지만…….

구장님도 내 이야기를 자세히 듣더니 퍽 딱한 모양이었다. 하기야 구장님뿐만 아니라 누구든지 다 그럴 게다. 길게 길러 둔 새끼손톱으로 코를 후벼서 저리 탁 튀기며,

"그럼, 봉필 씨! 얼른 성례를 시켜 주구려, 그렇게까지 제가 하구 싶다는 걸……."

하고 내 짐작대로 말했다. 그러나 이 말에 장인님이 삿대질로 눈을 부라리고,

"아 성례구 뭐구 계집애년이 미처 자라야 할 게 아닌가?"

하니까 고만 멀쑤룩해서 입맛만 쩍쩍 다실 뿐이 아닌가.

"그것두 그래!"

"그래, 거진 사 년 동안에도 안 자랐다니 그 킨 은제 자라지유? 다 그만두구 사경 내슈……."

"글쎄, 이 자식아! 내가 크질 말라구 그랬니, 왜 날보고 떼냐?"

"빙모님은 참새만 한 것이 그럼 어떻게 앨 낳지유?(사실 장모님은 점순이보다 귓배기 하나가 작다.)"

장인님은 이 말을 듣고 껄껄 웃더니(그러나 암만 해두 돌 섬은 상이다.) 코를 푸는 척하고 날 은근히 곯리려고 팔꿈치로 옆 갈비께를 퍽 치는 것이다. 더럽다. 나두 종아리의 파리를 쫓는 척하고 허리

를 구부리며 그 궁둥이를 콱 떼밀었다. 장인님은 앞으로 우찔근 하고 싸리문께로 쓰러질 듯하다 몸을 바로 고치더니 눈총을 몹시 쏘았다. 이런 상년의 자식! 하곤 싶으나 남의 앞이라니 차마 못 하고 섰는 그 꼴이 보기에 퍽 쟁그러웠다.

그러나 이밖에는 별반 신통한 귀정을 얻지 못하고 도로 논으로 돌아와서 모를 부었다. 왜냐면 장인님이 뭐라구 귓속말로 수군수군하고 간 뒤다. 구장님이 날 위해서 조용히 데리고 아래와 같이 일러 주었기 때문이다.(뭉태의 말은 구장님이 장인님에게 땅 두 마지기 얻어 부치니까 그래 꾀였다고 하지만 난 그렇게 생각 않는다.)

"자네 말두 하기야 옳지, 암 나이 찼으니까 아들이 급하다는 게 잘못된 말은 아니야. 허지만 농사가 한창 바쁠 때 일을 안 한다든가 집으로 달아난다든가 하면 손해죄루 그것두 징역을 가거든!(여기에 그만 정신이 번쩍 났다.) 왜 요전에 삼포말서 산에 불 좀 놓았다구 징역 간 거 못 봤나. 제 산에 불을 놓아도 징역을 가는 이땐데 남의 농사를 버려 주니 죄가 얼마나 더 중한가. 그리고 자넨 정장을(사경 받으러 정장 가겠다 했다.) 간대지만 그러면 괜시리 죄를 들쓰고 들어가는 걸세. 또 결혼두 그렇지. 법률에 성년이란 게 있는데 스물하나가 돼야 비로소 결혼을 할 수 있는 걸세. 자넨 물론 아들이 늦을 걸 염려하지만 점순이루 말하면 이제 겨우 열여섯이 아닌가. 그렇지만 아까 빙장님의 말씀이 올갈에는 열 일을 제치고라두 성례를 시켜 주겠다 하시니 좀 고마울 겐가. 빨리 가서 모 붓든 거나 마저 붓게. 군소리 말구 어서 가."

그래서 오늘 아침까지 끽소리 없이 왔다.

장인님과 내가 싸운 것은 지금 생각하면 전혀 뜻밖의 일이라 안할 수 없다.

장인님으로 말하면 요즈막 작인들에게 행세를 좀 하고 싶다고해서, '돈 있으면 양반이지 별게 있느냐!' 하고 일부러 아랫배를 쑥 내밀고 걸음도 뒤틀리게 걷고 하는 이 판이다. 이까진 나쯤 두들기다 남의 땅을 가지고 모처럼 닦아 놓았던 가문을 망친다든가 할 어른이 아니다. 또 나로 논지면 아무쪼록 잘 뵈서 점순이에게 얼른 장가를 들어야 하지 않느냐.

이렇게 말하자면 결국 어젯밤 뭉태네 집에 마슬 간 것이 썩 나빴다. 낮에 구장님 앞에서 장인님과 내가 싸운 것을 어떻게 알았는지 대고 빈정거리는 것이 아닌가.

"그래 맞구두 그걸 가만 둬?"

"그럼 어떡허니?"

"임마, 봉필일 모판에다 거꾸로 박아 놓지 뭘 어떡해?"

하고 괜히 내 대신 화를 내 가지고 주먹질을 하다 등잔까지 쳤다. 놈이 본시 괄괄은 하지만 그래 놓고 날더러 석윳값을 물라고 막 지다위를 붙는다. 난 어안이 벙벙해서 잠자코 앉았으니까 저만 연신 지껄이는 소리가,

"밤낮 일만 해 주구 있을 테냐?"

"영득이는 일 년을 살구두 장갈 들었는데 넌 사 년이나 살구두 더 살아야 해?"

"네가 세 번째 사윈 줄이나 아니? 세 번째 사위."

"남의 일이라두 분하다. 이 자식아, 우물에 가 빠져 죽어."

나중에는 겨우 손톱으로 목을 따라고까지 하고, 제 아들같이 함부로 혹닥이었다. 별의별 소리를 다 해서 그대로 옮길 수는 없으나 그 줄거리는 이렇다.

우리 장인님 딸이 셋이 있는데 맏딸은 재작년 가을에 시집을 갔다. 정말은 시집을 간 것이 아니라 그 딸도 데릴사위를 해 가지고 있다가 내보냈다. 그런데 딸이 열 살 때부터 열아홉 즉 십 년 동안에 데릴사위를 갈아 들이기를, 동리에선 사위 부자라고 이름이 났지마는 열 놈이란 참 너무 많다. 장인님이 아들은 없고 딸만 있는 고로 그담 딸을 데릴사위를 해 올 때까지는 부려먹지 않으면 안 된다. 물론 머슴을 두면 좋지만 그건 돈이 드니까, 일 잘하는 놈을 고르느라고 연방 바꿔 들였다. 또 한편 놈들이 욕만 줄창 퍼붓고 심히도 부려먹으니까 밸이 상해서 달아나기도 했겠지. 점순이는 둘째 딸인데 내가 일테면 그 세 번째 데릴사위로 들어온 셈이다. 내 담으로 네 번째 놈이 들어올 것을 내가 일도 잘하고 그리고 사람이 좀 어수룩하니까 장인님이 잔뜩 붙들고 놓질 않는다. 셋째 딸이 인제 여섯 살, 적어두 열 살은 돼야 데릴사위를 할 테므로 그동안은 죽도록 부려먹어야 된다. 그러니 인제는 속 좀 차리고 장가를 들여

달라구 떼를 쓰고 나자빠져라, 이것이다.

나는 겉으로 엉, 엉, 하며 귓등으로 들었다. 뭉태는 땅을 얻어 부치다가 떨어진 뒤로는 장인님만 보면 공연히 못 먹어서 으릉거린다. 그것도 장인님이 저 달라고 할 적에 제 집에서 위한다는 그 감투(예전에 원님이 쓰던 것이라나, 옆구리에 뽕뽕 좀먹은 걸레)를 선뜻 주었더면 그럴 리도 없었던 걸……

그러나 나는 뭉태란 놈의 말을 전수이 곧이듣지 않았다. 꼭 곧이들었다면 간밤에 와서 장인님과 싸웠지 무사히 있었을 리가 없지 않은가. 그러면 딸에게까지 인심을 잃은 장인님이 혼자 나빴다.

실토이지 나는 점순이가 아침상을 가지고 나올 때까지는 오늘은 또 얼마나 밥을 담았나, 하고 이것만 생각했다. 상에는 된장찌개하고 간장 한 종지, 조밥 한 그릇, 그리고 밥보다 더 수부룩하게 담은 산나물이 한 대접, 이렇다. 나물은 점순이가 틈틈이 해 오니까 두 대접이고 네 대접이고 멋대로 먹어도 좋으나 밥은 장인님이 한 사발 외엔 더 주지 말라고 해서 안 된다. 그런데 점순이가 그 상을 내 앞에 내려놓으며 제 말로 지껄이는 소리가,

"구장님한테 갔다 그냥 온담그래!"

하고 엊그제 산에서와 같이 되우 좋알거린다. 딴은 내가 더 단단히 덤비지 않고 만 것이 좀 어리석었다. 속으로 그랬다. 나도 저쪽 벽을 향하여 외면하면서 내 말로,

"안 된다는 걸 그럼 어떡헌담!"

하니까

"쉼을 잡아채지 그냥 둬, 이 바보야!"

하고 또 얼굴이 빨개지면서 성을 내며 안으로 샐죽하니 뛰들어 가지 않느냐. 이때 아무도 본 사람이 없었게 망정이지 보았다면 내 얼굴이 에미 잃은 황새 새끼처럼 가여웁다, 했을 것이다.

사실 이때만치 슬펐던 일이 또 있었는지 모른다. 다른 사람은 암만 못생겼다 해두 괜찮지만 내 아내 될 점순이가 병신으로 본다면 참 신세는 따분하다. 밥을 먹은 뒤 지게를 지고 일터로 가려 하다 도로 벗어 던지고 바깥마당 공석 위에 드러누워서 나는 차라리 죽느니만 같지 못하다 생각했다.

내가 일 안 하면 장인님 저는 나이가 먹어 못 하고 결국 농사 못 짓고 만다. 뒷짐으로 트림을 꿀꺽, 하고 대문 밖으로 나오다 날 보고서,

"이 자식아, 너 왜 또 이러니?"

"관격이 났어유, 아이구 배야!"

"기건 밥 처먹고 나서 무슨 관격이야, 남의 농사 버려 주면 이 자식아 징역 간다 봐라!"

"가두 좋아유, 아이구 배야!"

참말 난 일 안 해서 징역 가도 좋다 생각했다. 일후 아들을 낳아도 그 앞에서 바보 바보 이렇게 별명을 들을 테니까 오늘은 열 쪽이 난대도 결정을 내고 싶었다.

장인님이 일어나라고 해도 내가 안 일어나니까 눈에 독이 올라서 저편으로 힝하게 가더니 지게막대기를 들고 왔다. 그리고 그걸로 내 허리를 마치 들떠 넘기듯이 쿡 찍어서 넘기고 넘기고 했다. 밥을 잔뜩 먹어 딱딱한 배가 그럴 적마다 통겨지면서 뱃창이 꼿꼿한 것이 여간 켕기지 않았다. 그래도 안 일어나니까 이번에는 배를 지게막대기로 위에서 쿡쿡 찌르고 발길로 옆구리를 차고 했다. 장인님은 원체 심청이 궂어서 그러지만 나도 저만 못하지 않게 배를 채었다. 아픈 것을 눈을 꽉 감고 넌 해라 난 재밌단 듯이 있었으나 불기짝을 후려갈길 적에는 나도 모르는 결에 벌떡 일어나서 그 수염을 잡아챘다마는 내 골이 난 것이 아니라 정말은 아까부터 벽 뒤 울타리 구멍으로 점순이가 우리들의 꼴을 몰래 엿보고 있었기 때문이다.

가뜩이나 말 한마디 톡톡히 못 한다고 바라보는데 매까지 잠자코 맞는 걸 보면 짜장 바보로 알 게 아닌가. 또 점순이도 미워하는 이까짓 놈의 장인님하곤 아무것도 안 되니까 막 때려도 좋지만 사정 보아서 수염만 채고(제 원대로 했으니까 이때 점순이는 퍽 기뻤겠지.) 저기까지 잘 들리도록,

"이걸 까셀라 부다!"

하고 소리를 쳤다.

장인님은 더 약이 바짝 올라서 잡은 참 지게막대기로 내 어깨를 그냥 내려 갈겼다. 정신이 다 아찔하다. 다시 고개를 들었을 때 그

때엔 나도 온몸에 약이 올랐다. 이 녀석의 장인님을, 하고 눈에서 불이 퍽 나서 그 아래 밭 있는 넝 알로 그대로 떠밀어 굴려 버렸다. 조금 이따가 장인님이 씩, 씩, 하고 한번 해 보려고 기어오르는 걸 얼른 또 떠밀어 굴려 버렸다.

기어오르면 굴리고, 굴리면 기어오르고, 이러길 한 너덧 번을 하며 그럴 적마다,

"부려만 먹구 왜 성례 안 하지유!"

나는 이렇게 호령했다. 허지만 장인님이 선뜻, 오냐 낼이라두 성례시켜 주마, 했으면 나도 성가신 걸 그만두었을지 모른다. 나야 이러면 때린 건 아니니까 나중에 장인 쳤다는 누명도 안 들을 터이고 얼마든지 해도 좋다.

한 번은 장인님이 헐떡헐떡 기어서 올라오더니 내 바짓가랭이를 요렇게 노리고서 단박 움켜잡고 매달렸다. 악, 소리를 치고 나는 그만 세상이 다 팽그르 도는 것이,

"빙장님! 빙장님! 빙장님!"

"이 자식! 잡아먹어라, 잡아먹어!"

"아! 아! 할아버지! 살려 줍쇼, 할아버지!"

하고 두 팔을 허둥지둥 내절 적에는 이마에 진땀이 쭉 내솟고 인젠 참으로 죽나 보다, 했다. 그래도 장인님은 놓질 않더니 내가 기어이 땅바닥에 쓰러져서 거진 까무러치게 되니까 놓는다. 더럽다. 더럽다. 이게 장인님인가, 나는 한참을 못 일어나고 쩔쩔맸다.

그러나 얼굴을 드니(눈에 참 아무것도 보이지 않았다.) 사지가 부르르 떨리면서 나도 엉금엉금 기어가 장인님의 바짓가랭이를 꽉 움키고 잡아나꿨다.

내가 머리가 터지도록 매를 얻어맞은 것이 이 때문이다. 그러나 여기가 또한 우리 장인님이 유달리 착한 곳이다.

여느 사람이면 사경을 주어서라도 당장 내어 쫓았지 터진 머리를 볼솜으로 손수 지저 주고, 호주머니에 희연 한 봉을 넣어 주시고 그리고,

"올갈엔 꼭 성례를 시켜 주마. 암말 말구 가서 뒷골의 콩밭이나 얼른 갈아라."

하고 등을 뚜덕여 줄 사람이 누구냐.

나는 장인님이 너무나 고마워서 어느덧 눈물까지 났다. 점순이를 남기고 인젠 내쫓기려니, 하다 뜻밖의 말을 듣고

"빙장님! 인제 다시는 안 그러겠어유!"

이렇게 맹세를 하며 부랴부랴 지게를 지고 일터로 갔다.

그러나 이때는 그걸 모르고 장인님을 원수로만 여겨서 잔뜩 잡아다녔다.

"아! 아! 이놈아! 놔라, 놔."

장인님은 헛손질을 하며 술개미에 챈 닭의 소리를 연해 질렀다. 놓긴 왜, 이왕이면 호되게 혼을 내 주리라 생각하고 짓궂이 더 댕겼다마는 장인님이 땅에 쓰러져서 눈에 눈물이 피잉 도는 것을 알

고 좀 겁도 났다.

"할아버지! 놔라, 놔, 놔, 놔라."

그래도 안 되니까

"애 점순아! 점순아!"

이 악장에 안에 있었던 장모님과 점순이가 헐레벌떡하고 단숨에 뛰어나왔다.

나의 생각에 장모님은 제 남편이니까 역성을 할른지도 모른다. 그러나 점순이는 내 편을 들어서 속으로 고수해서 하겠지-대체 이게 웬 속인지(지금까지도 난 영문을 모른다.) 아버질 혼내 주기는 제가 내래 놓고 이제 와서는 달겨들며,

"에그머니! 이 망할 게 아버지 죽이네!"

하고 내 귀를 뒤로 잡아댕기며 마냥 우는 것이 아니냐. 그만 여기에 기운이 탁 꺾이어 나는 얼빠진 등신이 되고 말았다. 장모님도 덤벼들어 한쪽 귀마저 뒤로 잡아채면서 또 우는 것이다.

이렇게 꼼짝도 못 하게 해 놓고 장인님은 지게막대기를 들어서 사뭇 내려조겼다. 그러나 나는 구태여 피하려고도 않고 암만해도 그 속 알 수 없는 점순이의 얼굴만 멀거니 들여다보았다.

"이 자식! 장인 입에서 할아버지 소리가 나오도록 해?"

— 〈동백꽃〉, 조광 2호, 1935

산골 나그네

김유정

　밤이 깊어도 술꾼은 역시 들지 않는다. 메주 뜨는 냄새와 같이 퀴퀴한 냄새로 방 안은 쾨쾨하다. 윗간에서는 쥐들이 찍찍거린다. 홀어미는 쪽 떨어진 화로를 끼고 앉아서 쓸쓸한 대로 곰곰 생각에 젖는다. 가뜩이나 침침한 반짝 등불이 북쪽 지게문에 뚫린 구멍으로 새 드는 바람에 번득이며 빛을 잃는다. 헌 버선짝으로 구멍을 틀어막는다. 그러고 등잔 밑으로 반짇그릇을 끌어당기며 시름없이 바늘을 집어 든다.

　산골의 가을은 왜 이리 고적할까! 앞 뒤 울타리에서 부수수하고 떨잎은 진다. 바로 그것이 귀밑에서 들리는 듯 나직나직 속삭인다. 더욱 몹쓸 건 물소리, 골을 휘돌아 맑은 샘은 흘러내리고 야릇하게도 음률을 읊는다.

퐁! 퐁 퐁! 쪼록 퐁!

바깥에서 신발 소리가 자작자작 들린다. 귀가 번쩍 띄어 그는 방문을 가볍게 열어 젖힌다. 머리를 내밀며,

"덕돌이냐?"

하고 반겼으나 잠잠하다. 앞뜰 건너편 수수평을 감돌아 싸늘한 바람이 낙엽을 훌뿌리며 얼굴에 부딪힌다.

용마루가 쌩쌩 운다. 모진 바람 소리에 놀라서 멀리서 밤 개가 요란히 짖는다.

"쥔어른 계서유?"

몸을 돌리어 바느질거리를 다시 들려 할 제 이번에는 짜장 인기가 난다. 황급하게,

"누구유?"

하고 일어서며 문을 열어 보았다.

"왜 그리유?"

처음 보는 아낙네가 마루 끝에 와 섰다. 달빛에 비끼어 검붉은 얼굴이 해쓱하다. 추운 모양이다. 그는 한 손으로 머리를 둘렀던 왜수건을 벗어 들고는 다른 손으로 흩어진 머리칼을 쓰담아 올리며 수줍은 듯이 주뼛주뼛한다.

"저어- 하룻밤만 드새고 가게 해 주세유."

남정네도 아닌데 이 밤중에 웬일인가, 맨발에 짚신짝으로. 그야 아무렇든……

"어서 들어와 불 쬐게유."

나그네는 주춤주춤 방 안으로 들어와서 화로 곁에 도사려 앉는다. 낡은 치맛자락 위로 삐어지려는 속살을 아무리자 허리를 지그시 튼다. 그리고는 묵묵하다. 주인은 물끄러미 보고 있다가 밥을 좀 주려느냐고 물어 보아도 잠자코 있다. 그러나 먹던 대궁을 주워 모아 짠지쪽하고 갖다주니 감지덕지 받는다. 그리고 물 한 모금 마심 없이 잠깐 동안에 밥그릇의 밑바닥을 긁는다.

밥숟갈을 놓기가 무섭게 주인은 이야기를 붙이기 시작하였다. 미주알고주알 물어 보니 이야기는 지수가 없다. 자기로도 너무 지쳐 물은 듯싶은 만치 대구 추근거렸다. 나그네는 싫단 기색도 좋단 기색도 별로 없이 시나브로 대꾸 하였다. 남편 없고 몸 붙일 곳 없다는 것을 간단히 말하고 난 뒤,

"이리저리 얻어먹고 단게유."

하고 턱을 가슴에 묻는다.

첫닭이 홰를 칠 때 그제야 마을 갔던 덕돌이가 돌아온다. 문을 열어 감사나운 머리를 디밀려다 낯선 아낙네를 보고 눈이 휘둥그렇게 주춤한다. 열린 문으로 억센 바람이 몰아들며 방 안이 캄캄하다. 주인은 문앞으로 걸어와 서며 덕돌이의 등을 뚜덕거린다.

젊은 여자 자는 방에서 떠꺼머리 총각을 재우는 건 상서롭지 못한 일이었다.

"덕돌아, 오늘은 마을 가 자고 아침에 온."

가을할 때가 지났으니 돈냥이나 좋이 퍼질 때도 되었다. 그 돈들이 어디로 몰키는지 이 술집에서는 좀체 돈맛을 못 본다. 술을 판대야 한 초롱에 오륙십 전 떨어진다. 그 한 초롱을 잘 판대도 사날씩이나 걸리는 걸 요새 같아선 그 알량한 술꾼까지 씨가 말랐다. 어쩌다 전일에 퍼 놓았던 외상값도 갖다 줄 줄을 모른다. 홀어미는 열벙거지가 나서 이른 아침부터 돈을 받으러 돌아다녔다. 그러나 다리품을 들인 보람도 없었다. 낼 사람이 즐겨야 할 텐데 우물쭈물하며 한단 소리가 좀 두고 보자는 것이 고작이었다. 그렇다고 안 갈 수도 없는 노릇이다. 나날이 양식은 달리고 지점집에서 집행을 하느니 뭘하느니 독촉이 어지간히 않음에랴……

"저도 인젠 떠나가겠에유."

그가 조반 나들이웃을 바꾸어 입고 나서서 나그네도 따라 일어서다 그의 손을 자상히 붙잡으며 주인은,

"고달플 테니 며칠 더 쉬어 가게유."

하였으나,

"가야지유, 너무 오래 신세를……"

"그런 염려는 말구."

라고 누르며 집 지켜 주는 셈치고 방에 누웠으라 하고는 집을 나섰다. 백두고개를 넘어서 안말로 들어가 해동갑으로 헤매었다. 헤실수로 간 곳도 있기야 하지만 말갛다. 해가 지고 어두울 녘에야 그는 흘부들해서 돌아왔다. 좁쌀 닷 되밖에는 못 받았다. 다른 사람들은 돈 낼 생각은커녕 이러면 다시 술 안 먹겠다고 도리어 얼러보냈던 것이다. 그러나 이만도 다행이다. 아주 못 받으니보다는 끼니 때가 지었다. 그는 좁쌀을 씻고 나그네는 솥에 불을 지피어 부랴사랴 밥을 짓고 일변 상을 보았다.

밥들을 먹고 나서 앉아으려니깐 갑자기 술꾼이 몰려든다. 이거 웬일인가. 처음에는 하나가 오더니 다음에는 세 사람, 또 두 사람. 모두 젊은 축들이다. 그러나 각각들 먹일 방이 없으므로 주인은 좀 망설이다가 그 연유를 말하였으나 뭐 한 동리 사람인데 어떠냐 한 데서 먹게 해달라는 바람에 얼씨구나 하였다. 이제야 운이 트나 보다. 양푼에 막걸리를 딸쿠어 나그네에게 주어 솥에 넣고 좀 속히 데워 달라 하였다. 자기는 치마꼬리를 휘둘러가며 잽싸게 안주를 장만한다. 짠지, 동치미, 고추장, 특별 안주로 삶은 밤도 놓았다. 사촌동생이 맛보라고 며칠 전에 갖다 준 것을 아껴 둔 것이었다.

방 안은 떠들썩하다. 벽을 두드리며 아리랑 찾는 놈에, 건으로 너털웃음을 치는 놈, 혹은 수군숙덕하는 놈…… 가지각색이다. 주인은 술상을 받쳐 들고 들어가니 짜기나 한 듯이 일제히 자리를 바로 잡는다. 그중에 얼굴 넓적한 하이칼라 머리가 야로가 나서 상을 받으며 주인 귀에다 입을 비켜 댄다.

"아주머니, 젊은 갈보 사왔다지유? 좀 보여 주게유."

영문 모를 소문도 다 듣는다.

"갈보라니 웬 갈보?"

하고 어리뻥뻥하다 생각을 하니, 턱없는 소리는 아니다. 눈치 있게 부엌으로 내려가서 보강지 앞에 웅크리고 앉았는 나그네의 머리를 은근히 끌어안았다. 자, 저 패들이 새댁을 갈보로 횡보고 찾아온 맹이다. 물론 새댁 편으론 망측스러운 일이겠지만 달포나 손님의 그림자가 드물던 우리집으로 보면 재수의 빗발이다. 술국을 잡는다고 어디가 떨어지는 게 아니요, 욕이 아니니 나를 보아 오늘만 좀 팔아 주기 바란다- 이런 의미를 곰살궂게 간곡히 말하였다. 나그네의 낯은 별반 변함이 없다. 늘 한모양으로 예사로이 승낙하였다.

술이 온몸에 들고 나서야 뒷술이 잔풀이가 난다. 한 잔에 오 전, 그저 마시긴 아깝다. 얼간한 상투백이가 계집의 손목을 탁 잡아 앞으로 끌어당기며,

"권주가 좀 해. 이건 뀌어 온 보릿자룬가."

"권주가? 뭐야유?"

"권주가? 아 갈보가 권주가도 모르나. 으하하하."

하고는 무안에 취하여 폭 숙인 계집 뺨에다 꺼칠꺼칠한 턱을 문질러 본다. 소리를 아무리 시켜도 아랫입술을 깨물고는 고개만 기울일 뿐. 소리는 못 하나 보다. 그러나 노래 못 하는 꽃도 좋다. 계집은 영 내리는 대로 이 무릎 저 무릎으로 옮아 앉으며 턱밑에다 술잔을 받쳐 올린다.

술들이 담뿍 취하였다. 두 사람은 곯아져서 코를 곤다. 계집이 칼라 머리 무릎 위에 앉아 담배를 피워 올릴 때 코웃음을 흥 치더니 그 무지소러운 손이 계집의 아래 뱃가죽을 사양없이 움켜잡았다. 별안간 '아야' 하고 퍼들껑 하더니 계집의 몸뚱아리가 공중으로 도로 뛰어오르다 떨어진다.

"이 자식아, 너만 돈 내고 먹었니?"

한 사람 새 두고 앉았던 상투가 콧살을 찌푸린다. 그리고 맨발 벗은 계집의 두 발을 양 손에 붙잡고 가랭이를 쩍 벌려 무릎 위로 지르르 끌어올린다. 계집은 앙탈을 한다. 눈시울에 눈물이 엉기더니 불현듯이 쪼록 쏟아진다.

방 안에서 악머구리 소리가 끓어오른다.

"저 잡놈 좀 보게, 으하하하."

술은 연실 데워서 들여 가면서도 주인은 불안하여 마음을 졸였다. 겨우 마음을 놓은 것은 훨씬 밝아서다.

참새들이 소란히 지저귄다. 지직바닥이 부스럼 자국보다 질 배

없다. 술, 짠지쪽, 가래침, 담뱃재- 뭣해 너저분하다. 우선 한길치에 자리를 잡고 계배를 대보았다. 마수거리가 팔십오 전, 외상이 이 원 각수다. 현금 팔십오 전, 두 손에 들고 앉아 세고 또 세어 보고…… 뜰에서는 나그네의 혀로 끌어올리는 인사.

"안녕히 가십시게유."

"입이나 좀 맞치고 뽀! 뽀! 뽀!"

"나두."

쩌르쿵! 쩌르쿵! 쩔거러쿵!

"방아머리가 무겁지유?…… 고만 까부를까."

"들 익었에유 더 쩧어야지유."

"그런데 애는 어쩐 일이야……."

덕돌이를 읍엘 보냈는데 날이 저물어도 여태 오지 않는다. 흩어진 좁쌀을 확에 쓸어 넣으며 홀어미는 퍽으나 애를 태운다. 요새 날씨가 차지니까 늑대, 호랑이가 차차 마을로 찾아 내린다. 밤길에 고개 같은 데서 만나면 끽 소리도 못하고 욕을 당한다.

나그네가 방아를 괴놓고 내려와서 키로 확의 좁쌀을 담아 올린다. 주인은 그 머리를 쓰담고 자기의 행주치마를 벗어서 그 위에 씌워 준다. 계집의 나이 열아홉이면 활짝 필 때이건만 버캐 된 머리칼이며 야윈 얼굴이며 벌써부터 외양이 시들어 간다. 아마 고생을 짓한 탓이리라.

날씬한 허리를 재빨리 놀려 가며 일이 끊일 새 없이 다구지게 덤벼드는 그를 볼 때 주인은 지극히 사랑스러웠다. 그리고 일변 측은도 하였다. 뭣하면 딸과 같이 자기 곁에서 길게 살아주었으면 상팔자일 듯싶었다. 그럴 수 있다면 그 소 한 바리와 바꾼대도 이것만은 안 내놓으리라고 생각도 하였다.

아들만 데리고 홀어미의 생활은 무던히 호젓하였다. 그런데다 동리에서는 속 모르는 소리까지 한다. 떠꺼머리 총각을 그냥 늙힐 테냐고. 그러나 형세가 부치므로 감히 엄두도 못 내다가 겨우 올봄에서야 다붙어 서둘게 되었다. 의외로 일은 손쉽게 되었다. 이리저리 언론이 돌더니 남촌산에 사는 어느 집 둘째딸과 혼약하였다. 일부러 홀어미는 사십 리 길이나 걸어서 색시의 손등을 문질러 보고는,

"참 애기 잘도 생겼세!"

좋아서 사둔에게 청찬을 뇌고 뇌곤 하였다.

그런데 없는 살림에 빚을 내어 가며 혼수를 다 꼬매여 놓은 뒤였다. 혼인날을 불과 이틀 격해 놓고 일이 고만 빗났다. 처음에야 그런 말이 없더니 난데없는 선채금 삼십 원을 가져오란다. 남의 돈 삼 원과 집의 돈 오 원으로 거추군에게 품삯 노비 주고 혼수하고 단지 2원- 잔치에 쓸 것밖에 안 남고 보니 삼십 원이란 입내도 못 낼 소리다. 그 밤, 그는 이리 뒤척 저리 뒤척 넋잃은 팔을 던져 가며 통 밤을 세웠던 것이다.

"어머님! 진지 잡수세유."

새댁에게 이런 소리를 듣는다면 끔직이 귀여우리라. 이것이 단 하나의 그의 소원이었다.

"다리 아프지유? 너무 일만 시켜서……."

주인은 저녁 좁쌀을 쓸어 넣다가 방아다리에 깝신대는 나그네를 걸심스럽게 쳐다본다. 방아가 무거워서 껍적이며 잘으르지 않는다. 가냘픈 몸이라 상혈이 되어 두 볼이 새빨갛게 색색거린다. 치마도 차마려니와 명지저고리는 어찌 삭았는지 어깨께가 손바닥만 하게 척 나갔다. 그러나 덕돌이가 왜포 다섯 자를 바꿔 오거든 첫대 사발화통된 속곳부터 해 입히고 차차 할 수밖엔 없다.

"같이 찝시다유."

주인도 남저지 방아다리에 올라섰다. 그리고 찌껑 위에 놓인 나그네의 손을 눈치 안 채게 슬며시 쥐어 보았다. 더도 덜도 말고 그저 요만한 며느리만 얻어도 좋으련만! 나그네와 눈이 고만 마주치자 그는 열적어서 시선을 돌렸다.

"픽도 쓸쓸하지유?"

하며 손으로 울 밖을 가리킨다. 첫밤 같은 석양판이다. 색동저고리를 떨쳐 입고 산들은 거반진 방아 소리를 은은히 전한다. 쩔그러쿵! 쩌러쿵!

그는 나그네를 금덩이같이 위하였다. 없는 대로 자기의 옷가지도 서로서로 별러 입었다. 그리고 잘 때에는 딸과 진배없이 이불 속에서 품에 꼭 품고 재우곤 하였다. 하지만 자기의 은근한 속심은 차마 입에 드러내어 말도 못 건넸다. 잘 들어 주면이거니와 뭣하게 안다면 피차의 낯이 뜨뜻할 일이었다.

그러자 맘먹지 않았던 우연한 일로 인하여 마침내 기회를 얻게 되었다. 나그네가 온 지 나흘 되던 날이었다. 거문관이 산기슭에 있는 영길네가 벼방아를 좀 와서 찧어 달라고 한다. 나그네는 줄밤을 새우므로 낮에나 푸근히 자라고 두고 그는 홀로 집을 나섰다.

머리에 겨를 보얗게 쓰고 맥이 풀려서 집에 돌아온 것은 이력 저력 으스레하였다. 늙은 한 다리를 끌고 뜰 앞으로 향하다가 그는 주춤하였다. 나그네 홀로 자는 방에 덕돌이가 들어갈 리 만무한데 정녕코 그놈일 게다. 마루 끝에 자그마한 나그네의 짚세기가 놓인 그 옆으로 질목 채 벗은 왕달 짚신이 왁살스럽게 놓였다. 그리고 방에서는 수군수군 낮은 말소리가 흘러져 나왔다. 그는 무심코 닫은 방문께로 귀를 귀울였다.

"그럼 와 그러는 게유? 우리집이 굶을까 봐 그리시유?"
"······."
"어머니도 사람은 좋아유······ 올해 잘만 하면 내년에는 소 한 바리 사놀 게구, 농사만 해두 한 해에 쌀 넉 섬, 조 엿 섬, 그만 하면 고만이지유······ 내가 싫은 게유?"
"······."

"사내가 죽었으니 아무튼 얻을 게지유?"

옷 터지는 소리, 부시럭거린다.

"아이! 아이! 아이! 참 이거 노세유."

쥐죽은 듯이 감감하다. 허공에 아롱거리는 낙엽을 이윽히 바라보며 그는 빙그레한다. 신발 소리를 죽이고 뜰 밖으로 다시 돌쳐섰다.

저녁상을 물린 후 그는 시치미를 딱 떼고 나그네의 기색을 살펴보다가 입을 열었다.

"젊은 아낙네가 홀몸으로 돌아다닌데두 고생일 게유. 또 어차피 사내는……."

여기서부터 사리에 맞도록 이 말 저 말을 주섬주섬 꺼내 오다가 나의 며느리가 되어 줌이 어떻겠느냐고 꽉 토파를 지었다. 치마를 흡싸고 앉아 갸웃이 듣고 있던 나그네는 치마끈을 깨물며 이마를 떨어뜨린다. 그리고는 두 볼이 빨개진다. 젊은 계집이 나 시집가겠소 하고 누가 나서랴. 이만하면 합의한 거나 틀림없을 것이다.

혼수는 전에 해둔 것이 있으니 한시름 잊었다. 그대로 이앙이나 고쳐서 입히면 고만이다. 돈 이 원은 은비녀, 은가락지 사다가 각별히 색시에게 선물 내리고…….

일은 밀수록 낭패가 많다. 금시로 날을 받아서 대례를 치렀다. 한편에서는 국수를 누른다. 잔치 보러 온 아낙네들은 국수 그릇을 얼른 받아서 후룩후룩 들이마시며 시악시 잘났다고 추었다.

주인은 즐거움에 너무 겨워서 축배를 흔근히 들었다. 여간 경사

가 아니다. 뭇사람을 빼집고 안팎으로 드나들며 분부하기에 손이
돌지 않는다.

"애 메누라! 국수 한 그릇 더 가져온."

어쩨 말이 좀 어색하구먼…… 다시 한번,

"메누라, 애야! 얼른 가져와."

삼십을 바라보자 동곳을 쩔러 보니 제물에 멋이 질려 비드름하
다. 덕돌이는 첫날을 치르고 부썩부썩 기운이 난다. 남이 두 단을
털 제면 그의 볏단은 석 단째 풀려 나간다. 연방 손바닥에 침을 뱉
어 붙이며 어깨를 으쓱거린다.

"끅! 끅! 끅! 찍어라, 굴려라, 끅! 끅!"

동무의 품앗이 일이다. 거무투룩한 젊은 농군 댓이 볏단을 번차
례로 집어 든다. 열에 뜬 사람같이 식식거리며 세차게 벼 알을 절
구통 배에서 주룩주룩 흘려 내린다.

"애! 장가들고 한턱 안 내니?"

"일색이드라. 딴딴히 먹자. 닭이냐? 술이냐? 국수냐?"

"웬 국수는? 너는 국수만 아느냐?"

저희끼리 찧고 까분다. 그들은 일을 놓으며 옷깃으로 땀을 씻는
다. 골바람이 벼깔치를 부옇게 풍긴다. 옆산에서 푸드득 하고 꿩이
날며 머리 위를 지나간다. 갈퀴질을 하던 얼굴 넓적이가 갈퀴를 놓
고 성급하더니 달겨든다. 장난군이다. 여러 사람의 힘을 빌어 덕돌
이 입에다 헌 짚신짝을 물린다. 버들껑거린다. 다시 양귀를 두 손

에 잔뜩 훔켜잡고 끌고 와서는 털어놓은 벼무더기 위에 머리를 틀어박으며 동서남북으로 큰 절을 시킨다.

"야아! 야아! 아!"

"아니다, 아니야. 장갈 갔으면 산신령에게 이러하다 말이 있어야지. 괜스레 산신령이 노하면 눈깔망나이(호랑이) 내려 보낸다."

뭇 웃음이 터져 오른다. 새신랑의 옷이 이게 뭐냐. 볼기짝에 구멍이 다 뚫리고…… 빈정대는 사람도 있다. 그러나 덕돌이는 상투의 먼대기를 털고 나서 곰방대를 피워 물고는 싱그레 웃어 치운다. 좋은 옷은 집에 두었다. 인조견 조끼, 저고리, 새하얀 옥당목 겹바지, 그러나 아끼는 것이다. 일할 때엔 헌 옷을 입고 집에 돌아와 쉴 참에나 입는다. 잘 때에도 모조리 벗어서 더럽지 않게 착착 개어 머리맡 위에 놓고 자곤 한다. 의복이 남루하면 인상이 추하다. 모처럼 얻은 귀여운 아내니 행여나 마음이 돌아앉을까 미리미리 사려 두지 않을 수도 없는 노릇이다. 그야말로 이십구 년 만에 누런 이 조각에다 어제야 소금을 발라 본 것도 이 까닭이었다.

덕돌이가 볏단을 다시 집어 올릴 제 그 이웃에 사는 돌쇠가 옆으로 와서 품을 안는다.

"애 덕돌아! 너 내일 우리 조마댕이 좀 해 줄래?"

"뭐 어째?"

하고 소리를 뻑 지르고는 그는 눈귀가 실룩하였다.

"누구보고 해라야? 응? 이 자식 까놀라."

어제까지는 턱없이 지냈단대도 오늘의 상투를 못 보는가!

바로 그날이었다. 윗간에서 혼자 새우잠을 자고 있던 홀어미는 놀라서 눈이 번쩍 띄었다. 만뢰 잠잠한 밤중이었다.

"어머니 그거 달아났에유. 내 옷두 없구……."

"응?"

하고 반 마디 소리를 치며 얼떨김에 그는 캄캄한 방 안을 더듬어 아랫간으로 넘어섰다. 황망히 등잔에 불을 댕기며,

"그래 어디로 갔단 말이냐?"

영산이 나서 묻는다. 아들은 벌거벗은 채 이불로 앞을 가리고 앉아서 징징거린다. 옆자리에는 빈 베개뿐 사람은 간 곳이 없다. 들어본즉 온종일 일하기에 피곤하여 아들은 자리에 들자 고만 세상을 잊었다. 하기야 그때 아내도 옷을 벗고 한 자리에 누워서 맞붙어 잤던 것이다. 그는 보통 때와 조금도 다름없이 새침하니 드러누워서 천장만 쳐다보았다. 그런데 자다가 별안간 오줌이 마렵기에 요강을 좀 집어 달래려고 보니 뜻밖에 품 안이 허룩하다. 불러보아도 대답이 없다. 그제서는 어레짐작으로 우선 머리맡 위에 놓았던 옷을 더듬어 보았다. 딴은 없다.

필연 잠든 틈을 타서 살며시 옷을 입고 자기의 옷이며 버선까지 들고 내뺐음이 분명하리라.

"도적년!"

모자는 광솔불을 켜들고 나섰다. 부엌과 잿간을 뒤졌다. 그러고

뜰앞 수풀 속도 낱낱이 찾아봤으나 흔적도 없다.

"그래도 방 안을 다시 한 번 찾아보자."

홀어미는 구태여 며느리를 도적년으로까지는 생각하고 싶지 않았다. 거반 울상이 되어 허벙저벙 방 안으로 들어왔다. 마음을 가라앉혀 들쳐 보니 아니나 다르랴, 며느리 베개 밑에서 은비녀가 나온다. 달아날 계집 같으면 이 비싼 은비녀를 그냥 두고 갈 리 없다. 두말없이 무슨 병폐가 생겼다. 홀어미는 아들을 데리고 덜미를 잡히는 듯 문 밖으로 찾아 나섰다.

마을에서 산길로 빠져나는 어귀에 우거진 숲 사이로 비스듬히 언덕길이 놓였다. 바로 그 밑에 석벽을 끼고 깊고 푸른 웅덩이가 묻히고 넓은 그 물이 겹겹 산을 에돌아 약 십 리를 흘러내리면 신연강 중턱을 뚫는다. 시내에 반쯤 파묻히어 번들대는 큰 바위는 내를 싸고 양쪽으로 질편하다. 꼬부랑길은 그 틈바귀로 뻗었다. 좀체 걷지 못할 자갈길이다. 내를 몇 번 건너고 험상궂은 산들을 비켜서 한 오 마장 넘어야 겨우 길다운 길을 만난다. 그러고 거기서 좀 더 간 곳에 냇가에 외지게 잃어진 오막살이 한 간을 볼 수 있다. 물방앗간이다. 그러나 이제는 밥을 찾아 흘러가는 뜬 몸들의 하룻밤 숙소로 변하였다.

벽이 확 나가고 네 기둥뿐인 그 속에 힘을 잃은 물방아는 올씨년궂게 모로 누웠다. 거지도 고 옆의 홑이불 위에 거적을 덧쓰고 누웠다. 거푸진 신음이다. 으! 으! 으흥!

서까래 사이로 달빛은 쌀쌀히 흘러든다. 가끔 마른 잎을 뿌리며…….

"여보 자우? 일어나게유 얼핀."

계집의 음성이 나자 그는 꾸물거리고 일어앉는다. 그러고 너털대는 홑적삼 깃을 여며 잡고는 덜덜 떤다.

"인제 고만 떠날 테이야? 쿨룩……."

말라빠진 얼굴로 계집을 바라보며 그는 이렇게 물었다.

십 분 가량 지냈다. 거지는 호사하였다. 달빛에 번쩍거리는 겹옷을 입고서 지팡이를 끌며 물방앗간을 등졌다. 골골하는 그를 부축하여 계집은 뒤에 따른다. 술집 며느리다.

"옷이 너무 커, 좀 적었으면……."

"잔말 말고 어여 갑시다, 펄쩍……."

계집은 부리나케 그를 재촉한다. 그러고 연해 돌아다보길 잊지 않았다. 그들은 강길로 향한다. 개울을 건너 불거져 내린 산모퉁이를 막 꼽뜨리려 할 제다. 멀리 뒤에서 사람 욱이는 소리가 끊일 듯 날 듯 간신히 들려 온다.

바람에 먹히어 말소리는 모르겠으나 재없이 덕돌이의 목성임은 넉히 짐작할 수 있다.

"아 얼른 좀 오게유."

똥끝이 마르는 듯이 계집은 사내의 손목을 겁겁히 잡아 끈다.

병든 몸이라 이끌리는 대로 뒤툭거리며 거지도 으슥한 산 저 편으로 같이 사라진다. 수은빛 같은 물방울을 품으며 물결은 산벽에 부닥뜨린다. 어디선지 지정치 못할 늑대 소리는 이 산 저 산서 와글와글 굴러내린다.

— 〈산골 나그네〉, 제일선 제3권 제3호, 1933

문
학
기
행

김유정문학촌으로 이어지는
아름다운 산길들

김유정 봄

춘천에 오면 발길이 머무는 곳
실레마을 김유정문학촌

영원한 청년 김유정을 만나는 곳
김유정이야기집

소설의 내력이 담긴
실레이야기길 열여섯 마당

알싸하고 향긋한 봄날,
실레이야기길 속으로

3월, 강원 산간에 핀 동백꽃

산길을 걷다가 동백꽃과 산수유꽃을 처음으로 구별할 수 있게 된 수년 전의 어느 봄날을 기억한다. 마치 물에 흠뻑 적신 붓으로 연둣빛 물감을 아주 조금만 찍어 노란 꽃송이에 흘려 놓은 듯, 서늘한 노란빛이 감돌던 그 꽃이 동백꽃이라 했다. 산에 주로 피는 동백꽃은 평소 동네에서는 보지 못했던 터라 그 전까지는 김유정의 소설 〈동백꽃〉을 읽으면서도 산수유꽃과 비슷하게 생긴 노란 꽃이려니 하는 정도로만 생각하고 있었는데 꽃을 자세히 들여다보니 둘은 참 달랐다.

생기를 머금은 부드러운 바람이 살랑 불어오는 봄날, 물 오른 나뭇가지 껍질에서 생강 냄새가 난다 하여 생강나무라 부르기도 하는 동백나무의, 자칫 때를 놓치면 보지 못하고 돌아오기 쉬운 동백꽃을 만나러 춘천 실레마을로 향한다.

> 나의 고향은 저 강원도 산골이다. 저 춘천읍에서 한 이십 리가량 산을 끼고 꼬불꼬불 돌아 들어가면 내닷는 조고마한 마을이다. 앞뒤 좌우에 굵찍굵찍한 산들이 빽 둘러섰고 그 속에 묻친 안윽한 마을이다. 그 산에 묻친 모양이 마치 음푹한 떡시루 같다 하야 동명洞名을 실레라 부른다.
>
> ― 김유정, 〈五月의 산골작이〉

김유정이 쓴 이 수필에서처럼 실레마을은 금병산이 병풍처럼 빙 둘러 있어 떡시루 안에 마을이 편안히 들어앉아 있는 것처럼 보이기도 한다. 3월 말, 실레마을 주변은 푸슬푸슬 부드러워진 밭에 노란 봄볕이 한 됫박쯤 쏟아져 내린 듯 더할 나위 없이 아늑하다. 이곳에 오니 불현듯 하얀 김이 나는 떡시루에서 쪄지는 말랑하고 쫀득한 백설기 생각이 난다. 실레라는 마을 이름 때문일 게다.

김유정문학촌으로 이어지는
아름다운 산길들

금병산에는 김유정의 소설 제목을 딴 등산로가 있어 등산을 겸해 김유정의 소설 속으로 자연스럽게 걸어 들어갈 수 있는 몇 개의 길이 있다. 춘천과 홍천을 잇는 구도로인 원창고개에서 출발해 '봄·봄길'을 지나 금병산 정상에 오르면 두 갈래의 하산길이 나온다. 바로 '산골 나그네길'과 '동백꽃길'이다. 이 중에서 원하는 길을 따라 내려오면 둘 다 김유정문학촌으로 이어진다.

산골 나그네길은 경사가 완만하고 흙이 많은 육산이라 가볍게 걸을 수 있는 데다 머릿속을 시원하게 해 주는 잣나무와 소나무 숲길이 이어져 있어 이를 따라 내려오다 보면 어느새 마을에 있는 '금병의숙' 터에 닿게 된다.

금병의숙은 김유정이 서울을 떠나 고향 실레에 내려와 지내던 시기에 지금의 터가 아닌 다른 곳에 움막을 짓고 야학당을 열었는데, 나중에 이곳으로 자리를 옮겨 '금병의숙'이란 이름으로 간이학교 인가를 받은 뒤 학생들을 가르쳤다고 한다. 금병의숙 자리에는 현재 마을회관이 들어서 있고 마당 한쪽에 김유정기적비가 있다.

그런데 이렇게 원창고개에서 시작하지 않고 순서를 반대로 하여 걸어 올라가는 길도 참 좋다. 우리나라에서 유일하게 문인의 이름을 따서 역 이름으로 붙인 '김유정 역'에서 걷기 시작하면 5분 이내 거리에 금병의숙 터가 있다. 여기서 출발해 산골 나그네길을 지나 금병산 정상에 도착한 뒤 '동백꽃길'을 따라 내려오면 김유정기념전시관과 김유정생가로 바로 이어진다.

그러나 뭐니 뭐니 해도 김유정이 남긴 소설의 향기와 정취를 느끼며 천천히 걷고 싶다면 김유정기념전시관과 김유정생가를 둘러본 뒤 실레이야기길 열여섯 마당을 따라 걷는 것이 제격이다. 가벼운 옷차림과 운동화만으로도 1시간 30분 정도면 충분히 걸을 수 있는 길이다. 김유정이 남긴 30여 편의 소설 중 실레마을을 배경으로 한 작품은 12편이다. 이 작품들을 음미하며 재미있게 걸을 수 있도록 실레이야기길이 조성되어 있다. 김유정의 소설을 잘 모르는 사람도 산길 표지판에 안내되어 있는 열여섯 마당 이야기를 따라 걷다 보면 어느새 김유정의 작품 세계에 젖어 들게 될 것이다.

오늘같이 봄바람은 살랑거리고 햇볕 좋은 날, 실레이야기길을 걸으며 알록달록한 봄의 정취를 누릴 생각을 하니 마음이 한껏 들

소설 〈솥〉의 장면을 재현한 조형물

뜬다.

김유정문학촌 초입에 들어서니 구릿빛 동상이 먼저 눈에 들어온다. 젖먹이 아이를 업은 들병이와 솥단지를 지게에 진 들병이 남편의 모습이다. 이들 부부의 등 뒤로 바닥에 주저앉아 우는 아낙의 모습이 보인다. 아낙의 옆에는 엉거주춤한 자세로 아낙의 남편이 서 있다. 바로 김유정의 소설 〈솥〉에 나오는 마지막 장면을 재현한 조형물이다.

"왜 남의 솥을 빼가는 거야, 이 도적년아 ―."

하고 연해 발악을 친다.

그렇지마는 들병이 두 내외는 금세 귀가 먹었는지 하나는 짐을 하나는 아이를 둘러업은 채 언덕으로 늠름히 내려가며 한 번 돌아보는 법도 없다. 아내는 분에 복받치어 고만 눈우에 털썩 주저앉으며 체면 모르고 울음을 놓는다.

― 김유정, 〈솥〉

근식이가 술값으로 가져다준 솥을 지고 들병이 부부가 떠날 때 근식의 처가 솥을 내놓으라고 악을 쓰는 장면이다. 그나마 세간도 몇 안 되는 가난한 살림이건만 정신 못 차리고 맷돌이며 아내의 속곳까지 술값으로 들병이에게 갖다 바친 근식이란 인물에 대해서는 한숨이 절로 나올 뿐이나 부엌살림의 기본이랄 수 있는 솥단지마저 잃고 바닥에 주저앉아 울음을 놓는 근식이 처의 안쓰러운 처지가 그대로 전해져 와 그 신산한 삶에 마음이 짠해진다.

1930년대 당시 농촌 마을에서 근식과 근식의 처, 들병이들같이 곤궁하고 정처 없는 삶을 살아가는 사람들이 어디 이들 뿐이었겠는가? 김유정이 소설에 그린 인물들은 이처럼 만무방(예의와 염치가 없는 뻔뻔한 사람)이거나 무엇 하나 특출할 것 없는 따라지(보잘것없거나 하찮은 처지에 있는 사람)의 삶을 사는 사람들이 대부분이다. 그 당시 수많은 사람들의 생활과 처지가 여기서 크게 벗어나지 않았다.

춘천에 오면 발길이 머무는 곳, 실레마을 김유정문학촌

김유정기념전시관과 김유정생가를 복원해 건립한 김유정문학촌은 2002년에 문을 열었다. 최근에는 김유정이야기집을 비롯해 기획 전시를 하는 낭만누리와 염색·민화·도자기 만들기 등을 할 수 있는 체험관이 들어서는 등 다양한 시설이 생기면서 춘천을 찾는 사람들의 발길을 끌고 있다.

김유정기념전시관에 들어가니 연세 지긋한 문화해설사 한 분이 관람객들에게 설명을 해 주는데 김유정 작품에 대한 애정이 담뿍 깃든 목소리로 소설 〈봄·봄〉의 장면을 외우다시피하여 실감나게 읊어 준다. 아까 손을 꼭 잡고 들어오신 할머니 두 분이 해설사의 이야기를 듣는 내내 판소리 광대의 노래에 추임새를 넣듯 감탄사를 연발하시며 연신 웃음을 터뜨리는데 그 모습이 무척 귀여우시다.

전시관을 둘러보는데 김유정 사후死後에 출판된 작품집들이 눈에 띈다. 책 제목이 김유정의 대표작인 〈동백꽃〉인 경우가 많은데 책 표지에 강원도 산간에 주로 피는 노란 동백꽃이 아닌, 남도에 많이 피는 붉은 동백꽃을 그려 넣은 것이 많다. 우리나라 문고판 시장을 이끌었던 범우사와 삼중당에서 나온 책의 표지에도 붉은 동백이 그려져 있는 걸 보니 슬쩍 웃음이 난다.

그리고 뭣에 떠다 밀렸는지 나의 어깨를 짚은 채 그대로 픽 쓰러진다. 그 바람에 나의 몸뚱이도 겹쳐서 쓰러지며 한창 피어 퍼드러진 노란 동백꽃 속으로 폭 파묻혀 버렸다.

알싸한 그리고 향긋한 그 내음새에 나는 땅이 꺼지는 듯이 왼 정신이 고만 아찔하였다.

― 김유정, 〈동백꽃〉

하긴 이 소설에는 제목인 동백꽃이 소설의 말미에 딱 한 번 나온다. '노란'이란 수식어도 이야기에 묻혀 지나가는 말처럼 되고 보니 점순이가 자기 마음을 알아차리지 못하는 어리숙한 '나'를 못살게 굴며 티격태격하는 이야기에 집중하는 사이 동백꽃 색깔은 여차하면 놓쳐 버리기 십상일지도……. 당시 책 표지에 그림을 그린 이도 소설 제목만 보고

삼중당에서 나온 〈동백꽃〉 표지에 그려진 붉은 동백꽃

는 동백꽃 하면 흔히 연상되는 붉은 동백꽃을 그려 넣었을 것이다.

국어 시간에 교과서에 실린 〈동백꽃〉을 읽을 때 소설의 말미인 이 부분에 이르면 아이들은 일제히 '꺅~.' 소리를 치며 웃는다. 화가

난 '나'가 자기네 수탉을 공격하는 점순네 닭을 단매로 내리쳐 점순네 닭이 죽게 되면서 최고조에 달했던 갈등은 둘이 노란 동백꽃 속에 폭 파묻히면서 일시에 화해로 접어든다. 이 대목에서 아이들은 그 알싸한 동백꽃 속에서 피어나는 은밀하면서도 설레는 점순이표 사랑의 시작에 서로 눈길을 주고받으며 쿡쿡 웃는다.

김유정은 여자 쪽에서 화답하는 이런 사랑을 한 번도 해 보지 못했다. 두 번의 사랑을 했으나 모두 짝사랑이었다. 매일 밤 열정을 다해 눌러쓴 수십 통의 편지를 보내고도 애석하게 단 한 통의 답장도, 단 한 번의 응답도 받지 못한 외로운 사랑이었다. 훗날 흥부가 예능보유자가 된, 당시엔 명창이며 기생이던 박록주에 대한 사랑은 열정을 넘어 사람을 질리게 만들 정도의 집착에 가까워 보인다. 그가 편지에 써 보낸 혈서는 박록주로 하여금 오히려 더 뒷걸음질 치게 만들었을 것이다.

또한 그는 죽기 9개월 전 한 잡지에 자신의 글과 박봉자의 글이 나란히 실린 것을 계기로 박봉자에게 호감을 갖게 되면서 한 번도 얼굴을 본 적 없는 그녀에게 30여 통의 연애편지를 보낸다. 그러나 역시 답장 한 통을 받지 못한다. 이 무렵 그는 폐결핵과 결핵성 치질 등으로 엄청난 병고에 시달리고 있었는데 그토록 처절한 통증 속에서도 지치지 않고 구애의 편지를 보냈다는 사실이 그저 놀라울 따름이다. 육체의 병이 점점 더 깊어 갈수록 김유정은 남아 있는 힘을 꾹꾹 짜 내어서라도 꼭 붙들어야 할 무언가가 절실히 필요했을 것이다. 그가 할 수 있는 최선의 것은 단연 글쓰기였을 터, 그것이 사랑이라면 연애편지를 쓰는 동안 죽어 가는 몸일지라도 잠시 잠깐 설렘과 기다림으로 출렁였을지도 모른다. 몸을 가누기조차 힘든 때임에도 그가 펜대를 놓지 않은 것은 꺼져 가는 육신의 마지막 심지를 태워 온 힘을 다해 실낱같은 희망이라도 붙들고 싶기 때문이었을 것이다.

　　밤이 깊고 캄캄할수록 한 점 별은 더 밝게 빛나는 것처럼 김유정은 그의 어둠을 불살라 그가 처한 고통스럽고 암울한 현실과는 정반대로 밝고 재미난 소설 〈동백꽃〉을 우리에게 남겨 주었다.

김유정기념전시관 전경

김유정기념전시관 내부

　　그런데 김유정기념전시관을 둘러보며 못내 아쉬운 점은 작가
의 유품이 이곳에 단 한 점도 없다는 사실이다. 김유정의 친구였던
안회남이 그의 유품과 미발표 원고를 보관했다고 하는데 안회남의
월북 이후 그의 유품도 전달받을 기회를 영영 잃어버리고 말았다고
한다. 다른 문학관처럼 작가의 유품들과 육필 원고 등이 전시되어
있다면 문학관을 돌아볼 때 그의 삶과 문학을 더 가깝게 느낄 수 있
을 텐데 그럴 수 없는 것이 참 아쉽다.

　　김유정기념전시관을 천천히 둘러본 뒤 옆에 있는 김유정생가로 발을 옮긴다. 김유정의 조카인 김영수와 마을 주민들의 생생한 증언과 고증에 따라 복원했다는 이 집은 ㅁ자형 구조이다. 김유정은 자신의 고향 마을을 '집이라야 대개 쓰러질 듯한 헌 초가요, 그나마 도 오십 호 밖에 못 되는, 말하자면 아주 빈약한 촌락'이라고 수필에 썼다. 당시의 실레마을 사람들 대개의 형편이 이러했으니 고래 등 같은 기와집은 아니더라도 김유정의 집은 안방과 대청마루, 사랑채, 곳간 등을 야무지게 구비하고 있어 그 당시 천석지기 부자였다는 말 이 괜한 말이 아님을 짐작하게 한다.

　김유정생가 마루에 앉아 여섯 살 때까지 이곳에 살았다는 어린 유정을 생각한다. 아까운 사람은 일찍 가는가? 5년 남짓한 시간 동 안 무려 30여 편의 소설을 쏟아 놓고 간 그의 문학적 재능이 더 발 휘되지 못하고 단절된 것이 아깝고 안타깝다.

영원한 청년 김유정을 만나는 곳, 김유정이야기집

　김유정생가에서 나와 그의 생애와 그가 남긴 작품에 대한 이야 기가 전시되어 있는 김유정이야기집으로 향한다. 스물아홉 살에 요 절했기에 영원히 청년으로 남아 있는 김유정의 짧은 생애와 그가 작 품을 발표하기 시작한 1933년부터 사망한 1937년까지 연도별로 그

김유정이야기집

가 쓴 작품에 대한 이야기를 펼쳐 놓은 곳이다. 이곳에서 해설을 읽으며 천천히 걸음을 옮기다 보면 시간 가는 걸 잊을 만큼 작가의 생애와 작품 세계가 오롯이 마음에 들어온다.

　화면을 터치하면 〈동백꽃〉과 〈봄·봄〉에 나오는 캐릭터의 그림자 동작을 따라할 수가 있는 키오스크, 이 두 소설을 애니메이션으로 만들어 연속으로 보여 주는 영상실, 소설의 주요 장면 낭독을 헤드폰으로 들을 수 있는 음향 시설 등은 아이들과 어른 모두가 즐길 수 있어 눈길을 끈다.

　김유정이야기집을 관람하던 중 새로 알게 된 흥미로운 사실은

　　　　　　　　　　　　　　　가고 싶은 길 강원도 문학기행 봄·여름·가을·겨울

김유정이야기집에서는 연도별로 작가의 생애와 작품을 만날 수 있다.

'뽀뽀'라는 단어가 우리나라 인쇄물과 기록물에 최초로 등장하는 곳
이 김유정의 소설 〈애기〉(1939년)라는 점이다. 국어대사전(1961, 이
희승 편)에 등재되기 이전의 다른 기록물에서는 이 단어를 찾을 수가
없다고 한다.

　　김유정은 당시 문학단체였던 '구인회'의 후기 멤버로 참여하였
다. 구인회라는 이름은 회원의 탈퇴와 가입이 거듭될 때도 늘 회원
수는 9인을 유지했던 데서 연유한다. 김유정은 1935년에 구인회 후
기 동인으로 가입하면서 동인이던 이상과 자주 만났다고 한다. 투병
중인 김유정에게 이상이 찾아왔던 일은 유명한 일화이다.

김유정기념사업회를 중심으로 해마다 열리는 다양한 행사도 안내되어 있는데 추모제, 김유정문학제, 김유정백일장과 실레마을 이야기잔치 등의 행사는 김유정의 문학적 업적과 문학정신을 알리고 계승하는 데 좋은 징검다리가 되고 있다.

김유정이야기집을 둘러본 뒤 문을 나서는데 그가 죽기 십여 일전 친구 안회남에게 남겼다던 편지가 떠올라 눈시울이 붉어지려고 한다. 자꾸만 밀려오는 안타까움과 애틋함을 어찌할 수가 없다.

필승아

나는 참말로 일어나고 싶다. 지금 나는 병마와 최후 담판이다. 흥패가 이 고비에 달려 있음을 내가 잘 안다. 나에게는 돈이 시급히 필요하다. 그 돈이 없는 것이다. 필승아, 내가 돈 백 원을 만들어 볼 작정이다.(중략)

그 돈이 되면 우선 닭을 한 30마리 고아 먹겠다. 그리고 땅꾼을 들여, 살모사 구렁이를 십여 마리 먹어 보겠다. 그래야 내가 다시 살아날 것이다. 돈, 돈, 슬픈 일이다.

돈 백 원을 만들어 닭과 살모사를 고아 먹고 다시 살아나겠다는 결의는 아무 보람도 없이 사라지고, 가난과 병마로 힘겨운 날을 보내던 중 그의 목숨은 결국 잦아들고 말았다. 잘 먹고 푹 쉬어도 나을까 말까 한 병인데 그가 돈을 버는 길은 오직 글 쓰는 일이었을 테니 건강이 악화되는 것은 불을 보듯 뻔한 일이었다.

가슴 한가운데에 묵직하게 걸리는 무언가를 애써 지우며 실레이야기길을 본격적으로 걸어 보려 발걸음을 옮긴다. 열여섯 마당별로 붙여진 길 이름은 김유정 소설의 내용과 관련된 정감 있는 이름들이어서 재미를 더한다.

소설의 내력이 담긴
실레이야기길 열여섯 마당

실레이야기길 첫째 마당은 '들병이들 넘어오던 눈웃음길'이다. 병에다 술을 담아 가지고 다니면서 술장사를 하던 들병이에 대한 이야기는 김유정의 소설 여러 편에 등장한다. 남편이 자신의 아내를 들병이로 내몰거나 들병이 아내에게 빌붙어 살기도 하고, 아내를 들병이로 내보내려고 작정하고 아내에게 노래를 가르치는 남편도 나온다. 이러한 인물 유형은 오늘날의 상식에 비추어 보면 이해하기 어려운 면이 있으나 그 당시 먹고 살기 힘든 사람들이 막바지에 선택하는 삶의 한 방식이기도 했던 것을 생각하면 서글픈 생각이 먼저 든다.

둘째 마당인 '금병산 아기장수 전설길'을 지나면 전상국 작가의 소설 〈유정의 사랑〉의 배경이 된 '산국농장 금병도원길'이 나온다. 이 두 길 사이에는 지나가는 이들이 숲속에 누워 쉴 수 있는 삼림욕 의자가 몇 개 놓여 있다. 잠시 손깍지 베개를 하고 누워 숲속의 신선한 공기를 마시며 눈을 살며시 감고 있으면 그동안 쌓였던 피로가 모두 씻겨 내려가는 듯 상쾌해진다. 예전에 잎을 신발에 깔아 신었다는 데서 신갈나무라는 이름이 붙여졌다는 참나무도 산길에 즐비하다. 가을엔 이 나무에 열린 도토리들이 숲의 다람쥐들을 먹여 살릴 것이다.

실레이야기길 다섯 번째 마당은 '덕돌이가 장가가던 신바람길' 인데 사실 〈산골 나그네〉에는 덕돌이가 장가가며 신바람 나 걷는 내용은 나오지 않는다. 〈산골 나그네〉는 김유정의 신춘문예 당선작인 〈소낙비〉보다 2년 전에 발표된 작품으로 공식적으로는 등단작이라

문학적 감성을 불러내는 실레이야기길 열여섯 마당 안내 표지판

는 의미가 있는 작품인 만큼 이렇게 실레이야기길 중간에 엮어 놓으니 긴가민가하여 다시 한 번 소설 원문을 찾아 읽게 된다.

> "아 얼른 좀 오게유."
> 똥끝이 마르는 듯이 계집은 사내의 손목을 겁겁히 잡아끈다. 병들은 몸이라 끌리는 대로 뒤뚝거리며 거지도 으슥한 산 저편으로 같이 사라진다. 수은빛 같은 물방울을 품으며 물결은 산벽에 부닥뜨린다.
> 어데선지 지정치 못할 늑대 소리는 이 산 저 산서 와글와글 굴러 내린다.
>
> — 김유정, 〈산골 나그네〉

덕돌네 주막일을 거들며 잠시 머물다 덕돌이와 위장 결혼을 한 뒤 덕돌이의 옷가지를 챙겨 도망쳐 물방앗간에 숨겨 둔 병든 남편에게 입히고, 자신을 찾아 나선 덕돌네 모자母子를 피해 달아나는 〈산골 나그네〉의 마지막 장면이다. 늦장가 들어 좋아하던 덕돌이와 덕돌 어멈이 느꼈을 허망함도, 가장 비싼 은비녀는 베개 밑에 남겨 두고 병든 남편에게 입힐 옷가지만 들고 달아난 산골 나그네의 절박함과 최소한의 인간적 양심도 다 느껴져 애잔하다.

복만이가 계약서 쓰고 아내 팔아먹은 고갯길(〈가을〉), 춘호 처가 맨발로 더덕 캐던 비탈길(〈소낙비〉), 도련님이 이쁜이와 만나던

수작골길(〈산골〉), 산신각 가는 산신령길, 응칠이가 송이 따먹던 송림길(〈만무방〉)을 지나면 열한 번째 이야기 마당인 '응오가 자기 논의 벼 훔치던 수아리길'이 나온다.

한참을 신음하다 도적은 일어나더니
"성님까지 이렇게 못살게 굴기유?"
제법 눈을 부라리며 몸을 홱 돌린다. 그리고 느끼며 울음이 복받친다. 봇짐도 내버린 채
"내 것 내가 먹는데 누가 뭐래?"
하고 데룽스러이 내뱉고는 비틀비틀 논 저쪽으로 없어진다. 형은 너무 꿈속 같아서 멍하니 섰을 뿐이다. 그러나 얼마 지나서 한 손으로 그 봇짐을 들어 본다. 가쁜하니 끽 말가웃이나 될는지. 이까진걸 요렇게까지 해갈라는 그 심정은 실로 알 수 없다.

— 김유정, 〈만무방〉

병든 아내에게 약을 써 보기 위해서라도 응오가 벼를 베는 것은 마땅한 일이다. 그러나 대낮에 떳떳이 벼를 베지 못하고 깊은 밤을 틈타 자기 논의 벼를 도적질하다가 도둑을 잡기 위해 잠복해 있던 형 응칠에게 된통 얻어맞는다. 한 해 동안 피땀 흘려 알뜰히 농사를 지어 봤자 지주에게 도지 떼이고 장리 빚을 가리고 나면 남는 게

없다 보니 이렇게 자기 논의 벼를 밤에 몰래 도적질하는 일이 벌어진 것이다. 일제 강점기에 소작농을 비롯한 농촌 사람들이 삶의 기반이 뿌리째 흔들리는 현실 속에서 얼마나 고달픈 삶을 살았는지 짐작할 수 있다.

'근식이가 자기 집 솥 훔치던 한숨길'을 지나면 지금은 마을회관이 들어서 있는 '금병의숙 느티나무길'이 나온다. 마을회관 왼쪽에는 어른 세 사람이 두 팔을 한껏 벌려 감싸 안아도 손이 닿을까 말까 할 만큼 둥치가 굵은 느티나무 한 그루가 서 있다. 이 느티나무는 김유정이 금병의숙 시절 기념수로 심은 것이라 한다. 여든 번도 더 넘게 봄을 맞이한 이 느티나무는 구덩이를 파고 자신의 뿌리를 심던 김유정의 손길을 기억하고 있을까? 아직은 느티나무 잎이 겨울을 견뎌 온 갈색 나무 안에 숨어 있지만, 얼마 지나지 않아 조그만 연초록 이파리들이 세상에 화답하듯 피어나 봄의 생기를 더해 줄 것이다.

다시 또 걷고 싶은 길,
봄·여름·가을·겨울

금병의숙 터에서 음식점이 있는 골목길을 지나 마을길로 접어들어 조금 걸으면 열네 번째 마당인 '장인 입에서 할아버지 소리 나오던 데릴사위길'이 나온다.

> "아! 아! 이놈아! 놔라, 놔, 놔-."
> 장인님은 헷손질을 하며 솔개미에 챈 닭의 소리를 연해 질
> 렀다. 놓긴 왜, 이왕이면 호되게 혼을 내주리라, 생각하고
> 짓궂이 더 댕겼다마는 장인님이 땅에 쓰러져서 눈에 눈물이
> 피잉 도는 것을 알고 좀 겁도 났다.
> "할아버지! 놔라, 놔, 놔, 놔놔."
>
> — 김유정, 〈봄·봄〉

김유정이 이 길을 지나다가 데릴사위와 장인이 싸우는 장면을
목격하고 메모했다가 작품으로 썼다는 소설 〈봄·봄〉의 내력이 담긴
길이다. 소설의 장인은 별명이 욕필이인 김봉필이라는 실존 인물이
모델이고, 점순이도 실존 인물이라 한다. 지금은 소나무 몇 그루가
서 있는 공터가 당시의 현장으로 남아 있다.

실레이야기길 열다섯 번째 마당인 '김유정이 코다리 찌개 먹던
주막길'을 지나다 얼큰하고 뜨끈한 코다리 찌개 생각에 군침이 돈
다. 김유정이 자주 찾아 코다리 찌개를 안주로 술을 마셨다는 주막
터가 있는 곳이다. 그의 소설에는 음식에 대한 묘사가 많지는 않으
나 '거냉'한 막걸리 얘기가 더러 나온다. '거냉去冷'은 약간 데워서 찬
기운만 살짝 가시게 한 상태인데 주막에서 술을 먹을 때 거냉한 막

걸리를 들이키는 장면이 나온다. '코다리'는 명태를 반쯤 건조시켜 꾸덕꾸덕하게 말린 것으로 바닷가와 먼 분지 지형의 이 지역에서는 싱싱한 바닷고기는 구하기가 어려웠을 터이니 생물 명태보다는 코다리 구경을 하기가 더 쉬웠을 게다.

요즘은 간혹 코다리찜을 하는 식당을 볼 수는 있으나 얼큰하면서도 시원하게 끓인 코다리 찌개를 파는 식당은 여간해선 찾기 어렵다. 이곳에 생겨난 음식점도 춘천의 대표 음식으로 꼽히는 닭갈비와 막국수를 파는 곳이 대부분이다. 실레마을이 김유정 문학의 산실임을 감안하면 거나한 막걸리에 코다리 찌개를 맛볼 수 있는 식당이 한 곳쯤 있어도 좋겠다.

마을길을 따라 조금 걸으면 실레이야기길의 마지막인 열여섯 번째 마당 '맹꽁이 우는 덕만이길'이 나온다. 소설 〈총각과 맹꽁이〉에서 들병이를 아내로 얻어 주겠다고 하는 뭉태의 희떠운 소리를 덕만이는 진짜 믿는다. 술안주로 제 집의 닭까지 가져갔으나 들병이 아내를 얻기는커녕 뜻을 이루지 못하고 닭 쫓던 개 모양으로 설렁설렁 언덕길을 내려가던 쓸쓸한 그 길이다. 당시엔 맹꽁이 울음소리가 들리는 논들이 사방에 있었겠으나 지금은 밭이 조금 남아 있을 뿐이다.

김유정이 여섯 살 때 실레마을을 떠나 서울로 이사 간 뒤 다시 이곳으로 돌아온 건 스물세 살 때다. 그가 이곳에서 실제로 지낸 기간은 1년 7개월 정도로 그리 긴 시간은 아니었다. 그럼에도 여기서 지내는 동안 보고 듣고 경험한 내용을 바탕으로 〈동백꽃〉, 〈봄·봄〉,

〈산골 나그네〉, 〈만무방〉 등 한국 소설사를 빛낼 그만의 빛깔을 담은 작품들을 남겼다.

국어나 문학 교과서에 실린 〈봄·봄〉과 〈동백꽃〉이 워낙 김유정의 대표작으로 많이 읽히는 작품인데다 등장인물의 말과 행동이 해학적이다 보니 김유정 소설의 전반적인 분위기가 이렇게 밝고 재미나고 토속성이 주를 이루려니 생각할 수도 있다. 그러나 김유정이 남긴 소설 30여 편 중 대부분의 소설은 이 두 소설의 분위기와는 많이 다르며 농촌이건 도시건 간에 곤궁한 삶으로 힘들었던 보통 사람들의 삶과 현실을 여실히 보여 주는 작품들이 훨씬 많다.

실레이야기길을 따라 걷는 동안 이 봄에 이런 분홍 빛깔이 어디서 나왔을까 싶을 만큼 신기한 올괴불나무꽃, 어릴 적 소꿉놀이

김유정생가

반찬으로 종종 가지고 놀던 길게 늘어진 개암나무꽃, 귀여워 자꾸 쓰다듬고 싶은 뽀얀 산버들과 이제 막 쪼그만 잎들이 열리는 조팝나무를 산길에서 만났다.

예기치 않은 봄꽃과의 만남으로 마음이 한껏 들떠 있는 중에 노란 꽃송이를 잔뜩 매달고 서 있는 동백나무 군락을 보게 되었다. 여기도 동백꽃 저기도 동백꽃, 말 그대로 동백꽃 천지였다. 너무 늦지도 너무 이르지도 않게 가장 예쁜 동백꽃을 만나는 행운을 누린 셈이다.

해마다 봄이 되면 실레이야기길 도처에 무수히 피어나는 노란 동백꽃처럼 사람들 마음속에서 조용히 타오르는 작가 김유정, 춘천의 작은 마을에 해마다 수천 수만 사람의 발길이 머물게 하는 김유정을 생각하니 이 길은 앞으로도 여러 번 나를 다시 부를 것 같은 예감이 든다. 김유정이 들려주는 이야기에 푹 빠져 한나절을 보낸 알싸하고 향긋한 봄날이었다.

글. 임영옥

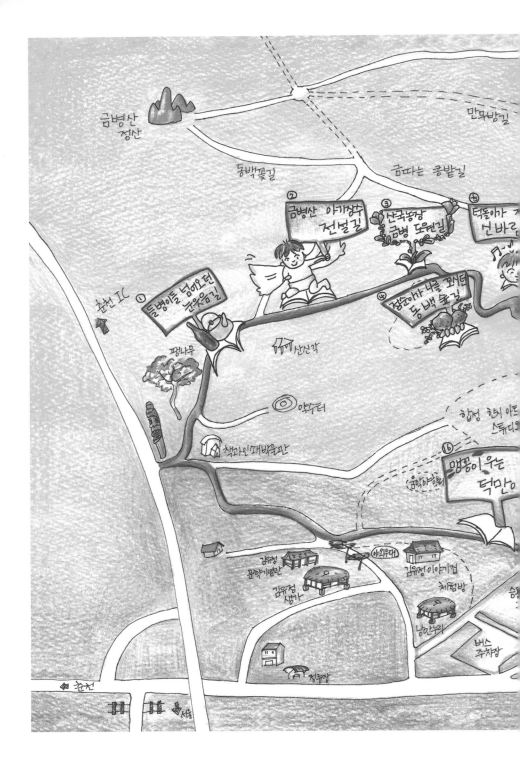

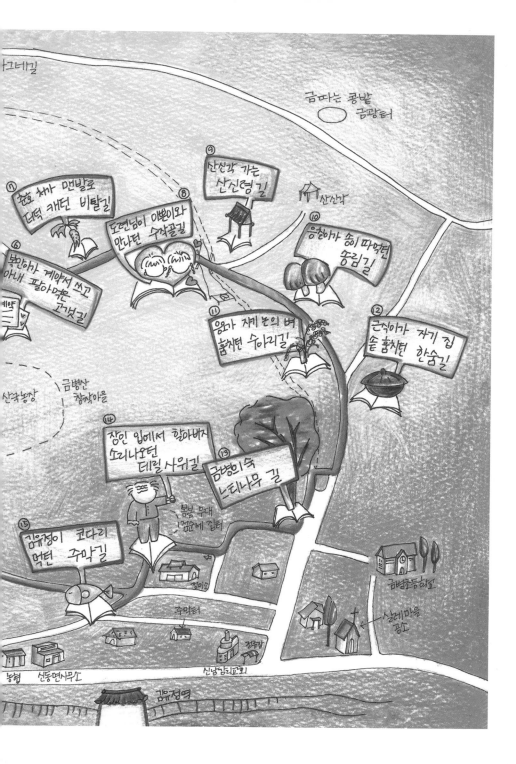

손바닥 여행 정보

김유정문학촌 기념 행사

김유정의 문학 정신을 기리고, 문학사적 업적을 되새기기 위한 기념 행사가 해마다 다채롭게
열리고 있다.

김유정추모제(3월 29일)

1969년 시작되어 매년 김유정의 기일인 3월 29일에 추모제 개최

김유정문학제(5월)

김유정 소설 입체낭송대회, 김유정 산문백일장(성인), 김유정문학상 시상(기성 작가), 김유정
기억하기 전국문예작품공모(중고생·성인), 〈봄·봄〉과 〈동백꽃〉 속의 점순이 찾기, 실레마을
닭싸움 등

김유정신인문학상(8월)

시, 소설, 동화 부문에서 역량 있는 신예 작가 발굴

김유정백일장(10월)

전국의 중·고생 대상 시(시조), 산문

실레마을 이야기잔치(10월)

각종 이야기대회, 김유정 작품 속의 30년대 삶을 재현하고 체험하는 잔치

김유정문학비

춘천시 삼천동의 공지천 조각공원 안에 세워진 김유정문학비(1994년 건립)는 공원을 오가는
사람들에게 잠시나마 김유정을 떠올리게 하며 〈소낙비〉의 일부가 수록되어 있다.

김유정문인비

삼악산이 보이는 의암댐 호숫가에 세워진 김유정
문인비(1968년 건립)는 외진 곳에서 춘천의 봄,
여름, 가을, 겨울을 온몸으로 맞으며 김유정에 대
한 그리움을 더하게 한다. 옆면에서 보면 만년필
의 펜촉을 본뜬 모습이며 〈산골 나그네〉의 일부
가 수록되어 있다.

작가 김유정에 대하여

강원도 춘천 태생의 소설가이다. 1935년 소설 〈소낙비〉
가 조선일보 신춘문예에, 〈노다지〉가 중외일보에 각각
당선됨으로써 문단에 데뷔하였다. 〈봄·봄〉, 〈금 따는 콩
밭〉, 〈동백꽃〉, 〈따라지〉 등의 소설을 내놓았고 29세로
요절할 때까지 30편에 가까운 작품을 발표했다.

여름

아들과 함께 걷는 길

1996, 이순원 作

아들과 함께 걷는 길

이순원

한 굽이를 돌며
─ 할아버지 댁은 어디 있나

"상우야."

"예, 아빠."

"이제부터 걷는 거야. 여기 대관령 꼭대기에서부터 저기 산 아래 할아버지 댁까지. 다른 사람들은 다 자동차를 타고 가는데 너하고 나하고만 걸어서."

"예."

"너 걸을 수 있지?"

"예. 걸을 수 있어요. 그래서 신발 끈도 아까 자동차 안에서 다시 맸는걸요."

"준비는 그것하고 이 물통 하나면 충분하다. 아빠는 이제 네가 아빠하고 함께 이 길을 걸을 수 있을 만큼 자란 게 얼마나 자랑스러운지 몰라."

"저도 아빠와 함께 이 길을 걸을 수 있는 게 자랑스러워요. 서울에서 아빠가 우리 그 길을 한 번 걸어 볼까, 하고 말씀하실 때부터요."

"우리는 그냥 걷는 게 아니라 걸어가면서 이야기를 하는 거야."

"어떤 이야기를 할까요, 아빠?"

"그건 미리 정하지 말자. 네가 아빠한테 하고 싶은 이야기도 하고 아빠가 너한테 하고 싶은 이야기도 하고. 그냥 생각나는 대로 하면 되지 않겠니? 또 이렇게 걷다 보면 집에 있을 땐 하지 못했던 이야기를 할 수도 있는 거고."

"그럼 엄마하고 무적은 바로 할아버지 댁으로 가나요?"

"그래. 엄마하고 무적은 30분쯤 후면 도착할 거야. 엄마가 운전을 천천히 해도 그 시간 안에는 들어갈 수 있을 테니까."

"할아버지 할머니가 놀라시겠어요. 왜 두 사람만 오느냐고. 아빠하고 저는 안 오고."

"그래, 놀라시겠지."

"그래요. 일부러 할아버지가 전화까지 해서 내려오라고 했는데."

"자 그러면 출발하자. 걷는 방법에 대해서는 미리 말하지 않으마. 이제 그것도 네 스스로 깨달아야 할 일 중의 하나니까."

"아까 몇 시간 걸린다고 했어요?"

"어른들 걸음으로 네 시간 반쯤 걸린단다. 그렇지만 넌 아직 어리니까 다섯 시간 반 쯤 잡으면 될 거야."

"저도 어른처럼 빨리 걸을 수 있어요. 저도 이제 다 컸으니까."

"그래도 시간은 넉넉하게 잡는 게 좋아. 더구나 우리는 그냥 걷기만 하는 게 아니라 이야기도 해야 하니까."

"그리고 가면서 나무도 살피고, 돌도 살피고, 길가의 풀들과 꽃들도 살피고, 또 시냇물을 만나면 시냇물과도 이야기를 해야 하니까요."

"시냇물하고도?"

"그건 걷다 보면 저절로 알아질지 몰라요. 그냥 이야기를 해도 되고, 또 말로 이야기를 하지 않더라도 아빠하고 제가 시냇물에 세수도 하고 또 그 물을 손바닥으로 떠서 마시면 그것도 시냇물과 이야기하는 거나 같잖아요."

"자, 그럼 걷자."

두 굽이를 돌며
— 할아버지가 물려주시는 자리

"상우야."

"예."

"이제 우리는 한 굽이를 돌았다."

"알아요."

"아까 내려오기 전 너 그거 봤니?"

"뭘요, 아빠?"

"해발 표지판 말이다. 길 제일 꼭대기에 세워둔 거."

"예. 봤어요. 835미터 맞지요?"

"맞다. 해발이 무슨 뜻인지는 알지?"

"예. 바다에서 835미터 높이라는 뜻이잖아요."

"그럼 우리는 지금 얼마큼 높이에 있을까?"

"아까 835였으니까 지금은 800미터 높이쯤에 있을 거예요. 그래서 바다도 눈 아래 보이고요. 그런데 아빠."

"응."

"아빠는 이 길을 많이 걸었다고 했지요?"

"아마 열 번은 더 걸었을 거야. 할아버지는 아빠보다 열 배는 더 많이 걸었을 거구."

"그렇게 많이요?"

"아빠는 일부러 걸었을 때가 많았지만 할아버지는 일부러 걸었던 게 아닌데도 그렇단다."

"할아버지도 아빠하고 이 길을 걸으셨나요?"

"그러고 보니 아빠는 할아버지와 함께 이 길을 걷지는 않았구나. 할아버지는 증조 할아버지하고 걸으셨다는데."

"아빠도 저처럼 할아버지하고 걸었으면 좋았을 텐데. 그러면 아빠하고 할아버지도 서로 마음이 잘 통하게 되잖아요. 먼 길을 걸으며 많은 이야기를 하고 나면요."

"그러게 말이다. 네가 좀 더 일찍 가르쳐 주었으면 좋았을걸."

"일찍 언제요?"

"네가 태어나기 훨씬 전에. 그러면 아빠도 할아버지와 한 번은 이 길을 걸었을 텐데. 이제 할아버지께선 너무 힘이 들어 이 길을 걸으실 수 없잖니?"

"그때 제가 어떻게 가르쳐 줘요? 태어나기도 전인데……."

"그렇지만 아빠는 지금 너처럼 할아버지하고 이 길을 걸었던 건 아니지만 이 길을 걸을 때마다 할아버지가 걷던 길이라는 걸 늘 생각하며 걸었단다. 할아버지뿐만 아니라 아빠의 할아버지가 걷던 길이라는 것도 늘 생각하며 걷고. 그리고 그 할아버지의 할아버지도 이 길을 걸었을 거고. 아빠는 자동차를 타고 다닐 때에도 늘 그 생각을 한단다."

셋, 네 굽이 돌며
— 이 길은 누가 만들었나

"아빠."

"응."

"아빠는 이 길을 많이 걸으셨다고 그랬잖아요?"

"그래."

"언제부터 걸으셨어요?"

"가만 있어 보자. 그게 언제부터였는지. 고등학교 일 학년 때부터였으니까 열일곱 살 때 처음 이 길을 걸었던 것 같구나."

"그때에도 네 시간 반이 걸렸나요?"

"아니. 그때는 꼭대기에서부터 걸은 게 아니고 중간쯤에서부터 걸었단다. 그때는 이 길이 이렇게 아스팔트로 포장이 되어 있지 않았고."

"그럼요?"

"그냥 산허리를 깎아 닦은 자갈길이었어. 자동차가 지나가면 먼지가 풀풀 날리고 자동차 바퀴에 돌도 튀고 하는."

"그러면 걷기가 나쁘잖아요. 자갈길에 먼지가 날리면."

"그래도 그때는 이렇게 자동차가 많지 않았어. 승용차는 있어도 드물었고 이따금 먼 곳으로 떠나는 버스하고 트럭들이 다니는 정도였거든."

"그래도 먼지가 날리면……."

"먼지만 날렸던 건 아니지. 먼지보다 더 많이 날리던 것도 있었어. 너 그게 무언지 한번 맞춰 봐라."

"바람요."

"바람은 지금도 불지 않니. 그리고 바람은 분다고 하지 날린다고 말하지 않지. 바람이 불 때 그 바람을 타고 무엇이 날리는 거니까."

"그럼 꽃씨요."

"그래. 꽃씨도 날렸겠지. 그렇지만 그건 눈에 잘 보이지 않잖니."

"그럼 뭐가 날렸는데요?"

"꽃하고 꽃가루가 그렇게 날렸어."

"꽃가루는 서울서도 많이 날려요. 그래서 눈병도 나고. 우리 반 애들도 몇 명 눈병이 났어요."

"그런 꽃가루하고는 다른 꽃가루가 날렸단다. 지금처럼 5월이면 송홧가루라고, 바람이 불면 소나무 꽃가루가 노랗게 날리곤 했지. 그리고 아카시아 꽃도 날리고…… 지금도 날리긴 하지만 예전처럼 많이 날지는 않을 거야. 송홧가루가 후두둑 떨어져 날리는 모습을 보면 참 아름답고 고운데, 내려가다 볼 수 있을지 모르겠구나. 여긴 너무 높은 데라 거의 다 참나무들이란다. 그리고 아카시아 꽃이 날릴 땐 마치 눈이 오는 것 같기도 하고. 7월에 붉은 싸리 꽃이 날리던 모습도 참 보기 좋았단다."

"아빠는 꽃 이름도 많이 알고 풀 이름도 많이 알지요?"

"그래. 아빠는 어릴 때부터 늘 풀하고 살아왔으니까. 그리고 너보다 어렸을 때부터 늘 산에 가서 소를 먹이고 했으니까. 큰아빠들도 작은아빠도 다 그렇게 컸어."

"그런데 이 길은 언제 이렇게 만들었어요?"

"상우야. 이 길은 누가 만들었던 게 아니라 아주 오래 전부터 있었던 거야."

"아뇨, 아빠. 지금처럼 포장한 거요."

"그건 꼭 20년쯤 되는 것 같구나."

"아빠는 어떻게 그걸 금방 알아요?"

"아빠에게 이 길은 이미 이 길을 만들기 전부터 어떤 의미가 있던 길이었으니까. 아마 이 길은 수천 년 전부터 있어 왔을 거야. 처음엔 한 발자국 한 발자국 그런 발자국들의 흔적이 모여 한 사람이 겨우 지나다닐 수 있는 오솔길이 되었을 테고, 그 다음엔 두 사람이 지나다닐 수 있는 길이 되었을 테고…… 아마 그렇게 수천 년을 수많은 사람들이 넘고 지나다니다가 또 그 다음엔 가마 하나가 지나다닐 수 있는 길이 되었을 테고, 그러다 수레가 지나다니고, 자동차가 나온 다음엔 자동차가 한 대가 지나다닐 수 있는 길이 되었을 테고. 또 그 다음엔 자동차 두 대가 서로 비켜 지나다닐 수 있는 길이 되었을 테고. 그러다 20년 전에 지금처럼 더 넓게 포장을 한 거란다."

"그럼 자동차가 지금처럼 길을 넓힌 거네요."

"그래. 그렇게도 말할 수가 있겠지. 그렇지만 아빠는 이 길을 어떤 사람들이 지금처럼 넓혔는지 알고 있단다. 자동차 때문에 길을 넓히기는 했지만, 자동차와는 전혀 상관이 없는 사람들이 이 길을 넓혔던 거야."

"어떤 사람들이 넓혔는데요?"

"바로 네 고조할아버지와 증조할아버지와 할아버지께서 이 길을 새로 닦고 넓히셨단다."

"어떻게요?"

"고조할아버지께서 사셨던 건 일본이 우리나라를 막 지배하고, 자동차가 막 들어오던 시대였단다. 증조할아버지 역시 그런 시대에 사셨고. 일본 군인들과 경찰이 두 분 할아버지께 강제로 이 길을 닦게 했던 거야."

"우리 할아버지들한테만요?"

"아니. 그 시대에 살던 모든 증조할아버지와 할아버지들한테. 그때는 삽과 곡괭이로 돌 하나 하나를 들어내며 산허리를 파내 이 길을 닦고 넓힌 거란다."

"그럼 할아버지는요? 할아버지도 그때 사셨어요?"

"태어나신 건 그때여도 할아버지가 이 길을 닦으신 건 해방이 된 다음이란다. 그때에도 '인부'라고 해서 강릉 서쪽 마을과 대관령 아랫마을에 사는 사람들은 일년에 서른 번에서 많게는 쉰 번까지 여기 대관령으로 길닦기를 나와야 했거든. 품삯도 한 푼 받지 않고 바쁜 농사철에도 말이지. 네 증조할아버지와 할아버지가 함께 이 길을 걸으셨던 것도 그때였고."

"어떻게요, 아빠?"

"할아버지가 젊으실 때, 대관령 너머에서 차를 타고 오시다가 '인부'를 나온 증조 할아버지를 보신 거야. 그래서 중간에서 내려 해가 질 때까지 증조할아버지 대신 할아버지가 길닦기 인부를 하고 나서 두 분이 길을 내려오셨던 거야."

"길닦기를 하러 왔는데도 차를 안 태워 줘요?"

"그때는 자동차가 귀했으니까. 길닦기를 하러 나올 때에도 이른 새벽에 마을 사람들이 모여 여기까지 걸어 와야 했고, 또 길을 닦고 나서도 한밤중까지 걸어 집으로 가곤 했던 거야. 점심도 자기가 먹을 건 자기가 싸 가지고 와서."

"정말 나빴어요. 그렇게 일 시키는 사람들."

"너도 그렇게 생각하니?"

"그럼요. 저 같으면 안 나갔을 거예요. 품삯도 하나도 안 주고, 집안일도 바빴을 텐데."

"그런데도 안 나갈 수 없게 그 사람들이 일을 시켰던 거야."

"어떻게 시켰는데요?"

"나와서 하는 일은 품삯을 안 주지만 정해진 횟수만큼 나오지 못했을 땐 나오지 않은 날만큼 비싸게 매긴 품삯을 도로 물어내야 했으니까. 강릉 동쪽 사람들은 그렇게 비행장을 닦아야 했고."

"정말 나빴어요, 그 사람들."

"처음엔 일본 사람들이 그렇게 시켰는데, 해방이 되고 나서는 우리나라 사람들이 똑같은 방식으로 그렇게 시켰던 거야. 그런 '인부'가 언제까지 있은 줄 아니?"

"언제까지 있었는데요?"

"아빠가 처음 이 길을 걸을 때까지도 있었단다."

"그럼 아빠도 인부를 나왔다가 걸은 거예요?"

"그래. 그때는 새마을운동이라는 걸 했거든. 주로 마을 길을 닦을 때 인부를 나갔는데, 큰 장마가 내린 다음 길이 파이면 일년에 몇 번 여기 대관령까지 인부를 나왔던 거야. 그런데 그때는 인부를 나올 때는 일을 더 일찍 많이 시킬 욕심으로 차를 태워주고 돌아갈 때는 차가 나오지 않았던 거야. 아빠는 고등학교 1학년 여름 방학 때 할아버지 대신 인부를 나왔던 거고."

"그런데도 데모 같은 거 안 해요?"

"나라에서 시키니까 으레 그렇게 해야 되는 걸로 알았던 거지. 이 길은 그렇게 닦고 넓힌 길이야. 자동차가 닦고 넓힌 게 아니라 바로 네 고조할아버지, 증조할아버지, 할아버지의 피와 땀으로. 비록 몇 번이긴 하지만 아빠까지도 말이다. 그리고 이곳에 대대로 발자국을 모아 길이 있게 한 할아버지의 할아버지와, 또 그 할아버지의 할아버지들이 이 길을 처음 만든 거고. 그런데 이 길을 포장

하고 나서 어떤 사람이 마치 자기가 처음부터 이 길을 닦은 것처럼
말했단다."

"어떤 사람이요, 아빠?"

"이 길을 포장한 회사의 가장 높은 사람이 신문에서도 그렇게
말하고, 방송에 나와서도 그렇게 말했단다. 자기가 이 길을 닦았
다고. 그때 아빠는 그 사람이 우리 할아버지와 아버지의 피와 땀을
모독하는 느낌을 받았단다. 너 모독이 무슨 뜻인지는 알지?"

"예. 알아요. 아빠 말을 듣고 나니 그 사람이 그렇게 말하는 게
바로 우리 할아버지들의 피와 땀을 모독하는 거예요."

"그래. 그건 모독이다. 그 사람은 자기 회사의 이익을 위해 돈을
받고 단지 이 길을 포장한 것뿐이거든. 우리 할아버지들처럼 이 길
을 위해 피땀으로 희생했던 게 아니라."

"알아요, 아빠."

"상우야."

"예."

"그런데 지금 우리는 무슨 이야기를 하고 있는 건지 알지?"

"길 이야기요."

"그래. 길 이야기를 했다. 길 이야기 중에서도 이 길의 역사에
대해서 이야기를 한 거야. 나라에도 역사가 있고, 집안에도 역사가
있듯이 오래된 길에도 역사가 있는 거야."

"그럼 제가 이 길을 걸으며 이 길의 역사에 대해 이야기하고 있

는 거네요. 그죠 아빠?"

"그래. 이 길이야말로 너와 아빠에겐 어떤 역사가 숨쉬는 길인 거야. 너는 더구나 이 길 아래에서 태어났고."

"저도 이 다음 어른이 되고 아빠가 되면 제 아들한테도 이 길 이야기를 해 줄 거예요. 그때에도 지금 아빠와 함께처럼 이 길을 걸으면서요. 이 길을 처음 만든 사람이 누구고, 할아버지와 할아버지의 할아버지들이 이 길을 어떻게 넓히고 닦았는지요. 그리고 제가 아빠하고 처음 어떤 이야기를 하며 이 길을 걸었는지도요."

서른다섯, 서른여섯 굽이를 돌며
— 우정에 대하여

"이제 많이 어두워졌지?"

"예. 별도 하나둘 보이고요."

"이제 몇 굽이만 더 내려가면 우리가 내려가야 할 대관령은 다 내려가는 거야. 거기서부턴 다시 작은 산길로 가면 되고."

"아빠. 아빠는 윤태 아저씨 말고도 친구가 많죠?"

"그럼 많지."

"그런데 누구하고 제일 친하세요?"

"그건 잘 모르겠다. 어느 친구하고도 다 친하니까. 전에 할아버지 댁 앞에서 본 친구하고도 친하고, 또 학교 다닐 때의 친구, 나중에 글을 쓰면서 알게 된 친구, 서울에 와서 살면서 알게 된 친구, 그런 친구들이 모두 아빠 친구니까."

"그중에서 아빠하고 제일 오래 사귄 친구는 누구세요? 전에 할아버지 댁 앞에서 본 그 아저씬가요?"

"그래. 그 아저씨하고도 아주 오래된 친구지. 한 마을에 태어나 지금까지 친구로 지내고 있으니까. 그렇지만 아빠한텐 그 친구보다 더 오래된 친구도 있어."

"어떤 친군데요?"

"사귄 지가 아마 100년도 더 되는 아주 오랜 친구."

"어떻게 그럴 수가 있어요? 아빠가 그렇게 살지도 않았는데."

"그렇지만 친구는 그럴 수 있거든."

"어떻게요?"

"너 익현이 아저씨 알지?"

"예. 종로서적에 있는 아저씨요."

"그 아저씨하고 아빠가 그런 친구야."

"그렇지만 아빠 나이하고 그 아저씨 나이를 합쳐도 100년이 안 되는데요?"

"아빠하고 그 아저씨는 4대에 걸친 친구거든. 아빠의 증조할아버지와 그 아저씨의 증조할아버지가 친구였고, 아빠 할아버지와 그 아저씨의 할아버지가 친구였고, 또 네 할아버지와 그 친구의 아버지가 친구였고, 그리고 아빠와 그 아저씨가 친구니까."

"우와."

"그런 사이를 어른들은 집안 간에 오랜 세교가 있었다고 말한단
다. 오랜 세월을 두고 우정을 쌓고 왕래한 집안이라는 뜻으로."

"그럼 100년도 더 넘겠어요."

"아마 그럴 거야."

"그 아저씨 아들하고 저하고 친구 하면 5대에 걸친 친구가 되는
거네요."

"이제 아빠도 고향을 떠나 있고, 그 아저씨도 고향을 떠나 있어
그러기가 쉽지는 않지만 이 다음 너희들이 또 왕래를 하고 친구를
하면 그렇게 되는 거지. 어릴 때 그 아저씨 집에 아빠도 할아버지를
모시고 자주 놀러 갔고, 또 그 아저씨도 할아버지를 모시고 우리집
에 자주 오고 했지. 할아버지들이 장기를 두다가 그다음엔 우리들
이 장기를 두고 할아버지들은 손자들 훈수를 하고. 자라서 그 아저
씨가 먼저 군대에 갔는데 그땐 아빠가 그 집에 자주 찾아가서 뵙고,
또 아빠가 군대에 가 있을 땐 아저씨가 자주 찾아뵙고 그랬단다. 지
금도 아빠가 책을 낼 때마다 그 아저씨가 꼭 전화를 하지?"

"예."

"그렇게 오랜 친구는 꼭 가까이 있지 않고 또 자주 보지 않아도
그렇게 서로 마음속에 있고 세월 속에 있는 거란다."

"아빠. 친구는 꼭 서로 나이나 수준이 맞아야 되는 건 아니죠?"

"어떤 수준 말이냐?"

"공부도 그렇고, 생각하는 것도 그렇고요."

"옛말에 보면 친구는 위로 보고 사귀고, 혼인은 아래를 보고 하라고 했는데, 아빠는 그 말이 잘못되었다고 생각한다. 그 말은 이왕 친구를 사귀더라도 좋은 친구를 사귀라고 한 말이지 꼭 그래야 한다는 건 아닐 거야. 친구를 사귈 때 다 위로 보고 사귀면, 아래에 있는 친구는 자기보다 나은 친구를 사귀고 싶어도 평생 그런 친구를 사귈 수 없는 거지. 자기가 사귀고 싶어하는 그 친구도 자기보다 못한 사람과 친구를 하지 않으려 하면 말이지."

"그럼 어떻게 해요?"

"자기보다 나은 친구, 못한 친구 얘기를 하는 건 친구에게 배울 점을 찾으라는 이야기인 거야. 또 나쁜 친구를 사귀게 되면 함께 나쁜 생각과 나쁜 행동을 하게 되는 것도 사실이고. 더구나 너희처럼 자라날 때는 말이지. 그렇지만 어른이 되면 친구란 내가 외롭거나 어려울 때 서로 믿고 도울 수 있고, 또 당장 어렵거나 외롭지 않더라도 그런 친구가 곁에 있는 것만으로도 위로가 되고 큰 힘이 될 수 있는 친구가 가장 좋은 친구란다. 서로 붙어 다니며 놀기만 좋아하는 친구보다는 이 다음 서로 믿고, 서로 돕고, 서로 위로하고, 서로 힘이 될 수 있는 그런 친구를 사귀라는 뜻이야. 너 친구에 대한 옛날 얘기 알지? 아버지의 친구와 아들의 친구 얘기 말이다."

"알아요. 돼지를 잡아서 실수로 사람을 죽였다고 찾아가니까 아들 친구는 자기가 잘못될까 봐 다 내쫓는데 아버지 친구는 다른 사람이 볼까 봐 얼른 집안에 숨겨 주고요."

"바로 그런 친구를 사귀라는 거야."

"아빠는 그런 친구가 있어요?"

"그런 건 자신있게 말하는 게 아니야."

"왜요?"

"그건 그 말을 들은 친구를 부담스럽게 할 수도 있는 일이니까. 대신 아빠가 자신있게 그렇게 해 줄 친구는 있단다."

"그럼 그 친구도 아빠를 그렇게 해 줄 거예요."

"전에 성률이 아빠도 눈길에 이 길로 우리를 할아버지 댁에 데려다주었잖니?"

"알아요, 설날 눈이 많이 올 때요."

"비행기도 안 뜨고, 아빠도 운전에 자신이 없어 할아버지 댁에도 못가고 서울에 눌러앉았을 때 성률이 아빠가 대목날인데도 하루 종일 자기 택시 영업을 하지 않고 우리를 데려다주러 왔던 거야. 그리고 서울에서 열네 시간 동안 이 길을 넘어왔다가 다시 쉬지도 않고 열 시간 동안 이 길을 넘어가고. 그때에도 아빠가 영업하는 차 그냥 공치면 어떻게 하느냐고 택시비를 주려고 하니까 성률이 아빠가 뭐랬는 줄 아니?"

"안 받겠다고요."

"그냥 안 받은 게 아니란다. 나는 네가 친구니까 죽음을 무릅쓰고 눈길을 넘어온 건데 너는 왜 그걸 꼭 돈으로만 계산하려고 하느냐고 그랬단다. 그래도 직업이고 영업하는 차가 아니냐니까, 너는 글을 쓸 때마다 영업을 생각하며 글을 쓰냐며 오히려 아빠를 부끄럽게 했단다."

"성률이 아빠도 아빠한텐 참 좋은 친구예요. 그렇죠?"

"아빠는 어디 가서 친구 이야기를 하면 꼭 익현이 아저씨와 성률이 아빠 이야기를 한단다. 아빠가 성률이 아빠에게 해 주는 건 아무것도 없는데 성률이 아빠는 아빠가 자기 친구라는 것만으로도 자랑스러워 영업하는 자동차까지 세워 두고 달려오지 않니. 아빠가 성률이 아빠에게 해 주는 건 아빠 책이 나올 때마다 그것 한 권씩 주는 것 말고는 아무것도 없는데, 그러면 성률이 아빠는 그 책을 택시 안에 넣어 두고 다니고."

"아빠한텐 기한이 아저씨도 그렇잖아요. 우리가 이사를 하면 나중에 와서 손을 다 봐주고요. 전기선도 달아 주고 제 책상도 다시 손봐 주고. 그러면서도 전에 아빠가 밤중에 기한이 아저씨한테 가 준 걸 늘 고마워하고요."

"그때 기한이 아저씨가 함께 집짓는 일을 하러 다니는 사람들과 이상한 내기를 했거든. 일을 끝내고 술을 마시다가 기한이 아저씨가 내 친구 중에 소설가가 있다고 자랑을 한 거야. 그러니 다른 아저씨들이 우리가 막일을 하러 다니는 사람인데 어떻게 그런 친구가 있을 수 있느냐고 믿지 않고."

"엄마한테 들었어요. 저는 자다가 일어났는데, 밤 열두 시가 넘었는데 아빠가 나가시길래 왜 나가시냐니까 기한이 아저씨한테 가신다고."

"그때 기한이 아저씨가 친구들과 술을 마시다가 내기를 한 거야. 그 사람이 정말 친구면 불러내 보라고. 그러자 기한이 아저씨는 늦은 밤까지 글쓰는 친구를 어떻게 아무 일도 없이 불러내느냐고 그러고, 그러니까 저쪽 친구는 거짓말이니까 못 불러낸다고 그러고. 그러다 누군가 기한이 아저씨한테 친구라면 불러낼 수도 있는 것 아니냐고, 그걸로 술값 내기를 하자고 그러고."

"그래서 기한이 아저씨가 전화를 한 거예요?"

"그런 말도 하지 않고 그냥 지금 어느 술집에 있는데 나올 수 있겠느냐고 물었단다. 무슨 일이냐니까 별일은 아닌데 그냥 나왔으면 좋겠다고. 그러면서 지금 뭘 하다가 전화를 받았느냐고 물어서 내일 넘길 바쁜 원고를 쓰고 있다니까 그럼 나오지 말라고 그러고. 그냥 친구들과 술을 마시다가 장난으로 전화를 건 거라면서."

"그래서요?"

"기한이 아저씨가 그냥 장난으로 전화를 걸 사람이 아니니까 거기 어디냐고 물어서 얼른 택시를 타고 나갔던 거지. 가니까 그런 내기를 한 거야. 거기 있는 친구들과."

"그래서 기한이 아저씨가 이긴 거예요?"

"아니, 아빠가 이긴 거지. 그때까지 아빠는 아직 한 번도 기한이 아저씨를 위해 몸으로 무얼 해 본 적이 없었거든. 그런데도 기한이 아저씨는 아빠한테 자기는 늘 몸으로만 때우는 친구라 미안하다고 했는데, 그날 아빠가 기한이 아저씨를 위해 몸으로 때워 보니 정말 몸으로 때워 주는 것만큼 힘든 일도 없고, 또 좋은 친구도 없는 거야."

"저는 어른들도 그런 장난을 하는 게 신기해요."

"장난이긴 하지만 친구란 그런 거야. 무얼 꼭 크게 도와주고 힘든 일을 해 주어야만 좋은 친구인 것이 아니라 어떤 일로든 그 사람이 정말 내 친구구나 하는 걸 확인하게 될 때 마음속에 다시 커다란 우정이 쌓이는 거란다. 그리고 그런 우정이 쌓일 때 옛날 이야기 속의 아버지 친구 같은 이야기도 나오는 거고."

"알아요, 아빠. 그리고 따뜻하구요."

"친구를 가려 사귀기는 하되 절대 차별해서 사귀면 안 되는 거야. 알았지?"

"저도 이 다음 아빠 같은 친구를 많이 사귈 거예요. 제가 그 사람의 친구인 걸 자랑스럽게 여기는 친구들을요."

"그리고 그런 친구들을 네가 자랑할 수 있어야 하고."

서른일곱 굽이를 돌고 나서

― 아직도 우리가 가야할 먼 길에 대하여

"이제 별이 완전히 떴지?"

"예. 바람도 더 시원해졌구요."

"밤길을 걸을 땐 별이 바로 우리 친구란다."

"좋아요 그 말. 별이 우리 친구란 말이."

"하나하나 눈에 담고, 가슴에 담아 봐. 그건 오래 기억하겠다는 별과의 약속이니까."

"할아버지들도 이 길을 걸으며 저 별을 봤겠죠?"

"그럼. 별은 늘 그 자리에서 우리를 지켜봐 왔으니까. 이 다음 네가 나이를 먹어도."

"어, 그런데 이 길은 대관령에서 할아버지 댁으로 들어가는 길 아니에요?"

"그래. 대관령 길은 저 아래에서 끝나지만 이제 우리가 내려와야 할 굽이는 다 내려온 거야. 여기서부터는 다시 이 쪽 산길을 걸어 넘으면 되고."

"아빠."

"응."

"저는 오늘 이 길이 참 좋았어요. 저 꼭대기에서부터 제가 아빠하고 걸어왔다는 게……."

"아빠도 그렇다. 네가 아빠하고 함께 걸을 수 있을 만큼 큰 것도 대견하고."

"이제 제가 힘들 때 이 길을 생각할 거예요."

"아빠도 그랬어. 아빠가 힘들 때."

"할아버지도 생각할 거고, 증조할아버지, 그리고 그 할아버지의 할아버지도 생각할 거구요. 전 그분들의 후손이니까."

"여기 나무들과 풀과 돌과 냇물과 그밖에 우리가 보고 온 모든 것들. 그리고 어두운 하늘에서 우리를 내려다본 별들도. 하지만 우리가 가야 할 길은 아직 먼 거야. 앞으로 네가 살면서 걸어야 할 길도 그렇고."

"알아요 아빠. 무슨 말인지."

"산꼭대기에서 보았을 때보다 네가 더 큰 것 같은 생각도 들고."

"저도 그래요."

"그게 이 길이 우리에게 가르쳐 주는 것들이야. 오늘 네가 아빠한테도 많은 걸 가르쳐 주었고. 할아버지와 아빠 사이에 대해서도. 그게 아빠와 너희들 사이와 같은건데."

"사랑해요. 아빠."

"그래. 아빠도 널 사랑한다."

"손 잡아요, 아빠."

"그래."

"할아버지 댁에 다 갈 때까지요."

"그래."

"또 말해도 되죠?"

"무얼?"

"이제 아빠도 할아버지 댁에 빨리 가고 싶어졌는가 하고요?"

"그래."

"할아버지도 지금 아빠를 많이 기다리실 거예요. 아빠가 우리가 늦게 들어오면 그렇게 기다리는 것처럼요."

"안다. 이제 네가 말하지 않아도. 이제 이 길은 더 어두울 거야. 자동차가 다니지 않으니까."

"아빠 손을 잡으면 괜찮아요."

집으로 들어가는 샛길에서
— 어둠 속에 빛나는 노란 손수건

그렇게 대관령 길을 다 내려와 집으로 들어가는 샛길의 작은 고개를 넘어설 때였다. 아이는 아까부터 바짝 옆에 붙어서서 내 손을 꼭 잡았다. 아빠하고 함께 걷기는 하지만 조금씩 무서운 생각도 들었을 것이다. 아이의 숨소리가 조금씩 커지고 있었다.

그때 그 길 저쪽에서 아이의 이름을 부르는 소리가 들렸다.

"상우냐?"

"……."

"거기 오는 게 상우 아니냐?"

아버지의 목소리였다.

"아빠, 할아버지예요."

아이가 내 손에 더 힘을 주며 작은 소리로 말했다.

"그래. 할아버지다."

내가 작은 소리로 아이에게 말할 때 다시 아버지가 아이를 불렀다.

"거기 오는 게 우리 상우가 맞나 아니냐?"

"할아버지. 저예요. 상우요."

"우리 상우가 맞아?"

"예. 할아버지."

아이가 내 손을 풀고 할아버지에게로 뛰어갔다. 그때 나는 아이가 뛰어가는 어둠 저편에 이 세상에서 가장 큰 노란 손수건이 나를 향해 나부끼는 것을 보았다. 아마 아버지는 다른 식구들에게 어딜 간다 말도 없이 자동차도 타지 않고 그곳까지 우리를 마중 나오셨을 것이다.

어쩌면 대관령 꼭대기에서부터, 아니 길을 떠나기 전부터 아이는 그것을 알고 있었던 것인지 모른다. 그래서 그 손수건 이야기를 내게 했던 것인지도.

이제까지 내가 걸어온 삶의 길 큰 고비마다 아버지는 언제나 이 세상에서 가장 큰 손수건을 들고 아들 마중을 나오셨다. 어린 나이에 학교를 그만두고 대관령을 넘어갔을 때에도 아버지는 그렇게 오랜 시간을 두고 나를 기다리셨다. 대학 때 교련 거부로 어느 날 갑자기 군에 끌려가 남보다 긴 군대 생활을 하게 되었을 때에도 아버지는 말없이 그것을 기다리셨다. 그러다 남보다 대학 졸업이 한 해 반이나 늦어졌을 때에도, 늦은 졸업 후 이제 보다 본격적으로 글을 쓰는 일에 내 삶의 모든 것을 걸어야겠다고 결심했을 때에도 아버지는 그런 아들의 책상을 짜 줄 물푸레 나무들을 준비하며 또 오랜 시간 그날을 기다리셨다.

그러면서 그 기다림으로 내가 살아온 삶의 가장 큰 길이 되어 주셨다.

나는 그 자리에 멈춰서서 아이가 뛰어가는 어둠 저편에 이제는 오랜 세월 속의 기다림으로 등이 굽고 작아진, 그러나 그 세월의 무게로 우뚝한 아버지의 모습을 바라보았다.

이제 내가 그 길을 가고, 언제가 아이도 그 길을 갈 것이다.

아버지……

—《아들과 함께 걷는 길》, 실천문학사, 2016

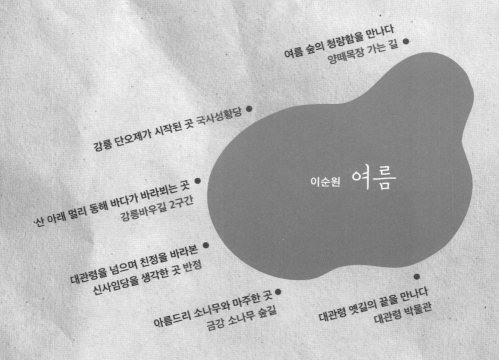

대관령 옛길,
굽이굽이 너와 나를 만나는 길

초여름 숲을 환히 밝히는 산나리꽃

초여름 숲의 자욱한 아침 안개는 신비스럽다. 숲을 신성한 장소로 바꿔 준다. 형상이 뚜렷하지 않은 나무들이 버티고 선 숲을 대하면 어느 틈에 다른 세상에 들어와 있는 듯 마음조차 경건해진다. 대관령 옛길의 시작점인 국사성황당은 옛 대관령휴게소에서 포장도로를 따라 곧장 갈 수도 있지만, 양떼목장을 끼고 돌아가기로 한다. 이른 아침 춘천에서부터 출발하여 두 시간여 버스를 타고 온 아이들에게 초여름 숲이 내뿜는 청량함과 피톤치드로 무장한 녹색바람으로 마음을 먼저 채워 주고 싶어 살짝 에둘러 가는 길을 선택한다.

아이들은 모처럼 학교를 벗어나 들뜬 마음으로 발걸음이 가볍다. 친구와 부모님과 선생님과 함께 걷는 설렘으로 시작하는 길이다. 더구나 오늘 독서 기행은 특별히 이순원 작가의 〈아들과 함께 걷는 길〉을 주제 도서로 정해 각자 인상적인 장면을 준비해 왔다. 대관령 옛길의 길목마다 다리쉼을 하며 '길 위의 낭독회'를 진행하기로 하여 느긋하고 여유 있는 사색의 길 걷기가 되겠다. 산 아래 대관령 박물관까지 무려 다섯 시간이 넘게 걸어야 하는 여정이기에 간단한 몸 풀기를 하고 먼 길을 걷는 마음가짐을 당부하는 가운데 첫 번째 낭독자인 정 선생님의 목소리가 낭랑하게 울려 퍼진다.

"무엇이 빨리 되고 싶다거나, 무엇을 빨리 이루고 싶다는 건 욕심이야. 암만 뛰어도 우리는 고작 두 굽이만 빨리 온 거야. 걸어야 할 땐 걸어야 하는 게 우리 삶이야. 아빠도 할

양떼목장 가는 길목에서

아버지도, 그리고 증조할아버지, 고조할아버지, 그 할아버
지의 할아버지들도 수없이 이 고개를 넘나들어도 너처럼
한 번 뛰어서 이 고개를 넘지는 않았을 거다. 그분들은 오래
가야 하고 또 오래 걸어야 할 길을 어떻게 걸어야 하는지를
알았으니까. 이런 고개를 넘을 땐 천천히, 그리고 뚜벅뚜벅
걷는 게 가장 확실하다는 걸 말이지. 뛰고 싶은 걸 참는 것
도 지혜인 거야.”

— 이순원, 〈아들과 함께 걷는 길〉, 조급함에 대하여

옛길의 역사와
애환을 알다

인디언 체로키족은 6월을 일러 '말없이 거미를 바라보게 되는 달'이라고 했던가. 거미줄에 매달린 이슬은 풀숲에도 맺혀서 신발이 젖고, 바짓가랑이에도 젖어 들고, 소매 깃마저 적신다. 아침 안개와 이슬에 몸을 맡기며 초록 숲에 방긋, 주홍으로 인사하는 동자꽃 무리들과 반갑게 눈을 맞춘다. 잠시 양떼목장 울타리를 끼고 숲길을 걷다 보면 선자령 정상으로 나아가는 길과 국사성황당으로 가는 삼거리 길목에 이른다. 모처럼 학교를 벗어나 발걸음이 빨라지는 아이들을 세워 숲 그늘에 앉히고 물병을 꺼내 목을 축이며 김 선생님께서 준비한 역사 속의 길 이야기를 들려준다.

대관령 옛길은 백두대간의 장엄한 산맥에서 바다로 나아가는 길이다. 송강 정철이 강원도 관찰사로 부임하여 이 길을 넘어 관동팔경을 유람하고 빼어난 가사 작품인 〈관동별곡〉을 남긴 길이었으며, 김홍도는 이 길의 풍광에 반하여 가던 길을 멈추고 화구를 꺼내어 멀리 동해와 경포호를 바라보며 '대관령도'를 그렸던 길이다. 신사임당은 여섯 살 난 어린 율곡과 자녀들의 손을 잡고 대관령을 넘으며 어머니를 그리워하는 시를 남겼던 길이다. 그뿐이랴. 김시습, 한원진 등 수많은 시인 묵객들이 이 길을 넘나들며 글과 그림을 남겼고 오랜 세월동안 이름도 알 수 없는 수많은 이들이 험한 고개를 오르내렸다. 그들의 고된 삶의 애환이 서려 있다고 생각하니 잠시 애잔한 마음이 든다.

　이 길은 조선 전기까지는 한두 사람이 다닐 수 있는 좁은 길이었으나 중종 6년(1511년) 강원도 관찰사 고형산이 우마차가 다닐 수 있을 정도로 길을 넓혔다고 하는데, 병자호란 때 청나라 군대가 한양을 침범하는 길로 이용, 그 책임을 묻게 되어 인조 때 고형산의 묘가 파헤쳐지는 운명까지 처했다고 하니, 역사의 소용돌이를 고스란히 안고 있는 길의 운명이 새삼 무겁게 다가온다. 세월이 흘러 2010년 11월 15일, 대관령 옛길은 명승 제74호로 지정되는데, 국사성황당~반정~주막터~하제민원터~원울이재~대관령 박물관으로 이어지는 약 8km의 길이 그것이다.

　아이들은 길에 얽힌 선생님의 역사 이야기는 실감이 나지 않는 듯하지만, 무려 20리 길을 걸어 내려가야 한다니 다소 걱정스런 표정을 짓는다. 길을 떠나오기 전, 교사들은 이미 사전 협의를 통해 '반정'까지 걸어 내려가서 아주 힘든 아이들은 기다리고 있는 버스로 이동시킬 계획을 세워 두고 있었으나 시침을 떼고 마지막까지 함께 완주하도록 격려한다.

　역사 속의 이 길을 작가 이순원은 소설 〈아들과 함께 걷는 길〉 〈강릉 가는 옛길〉에서 소통의 길, 관계 맺기의 길로 따듯하게 다시 그려 냈다. 딸과 함께 동행한 아버님 한 분이 '길 위의 낭독회'를 이어받으며, 특별히 함께 걷는 길의 의미를 되새겨 준다.

딸과 함께한 아버지의 낭독 장면

"부디 바라거니 이 세상 모든 가정 속에서 아버지와 자녀 간의 사랑과 존경이 강물처럼 흐를 수 있다면 얼마나 좋을까요. 자식에 대한 아버지의 고뇌와 사랑을 이 세상의 모든 아들과 딸들이 느끼고, 또 아버지에 대한 아들과 딸들의 아름답고 갸륵한 마음을 이 세상의 모든 아버지가 느낄 수 있다면 얼마나 좋을까요."

— 이순원, 〈아들과 함께 걷는 길〉, 작가의 말

국사성황당에서
강릉 단오제를 떠올리다

대관령 옛길의 역사를 이야기하며 산바람에 한들거리는 범꼬리꽃 군락을 지나고 초록잎이 시원한 신갈나무, 서어나무, 때죽나무 숲을 지나 도착한 곳은 국사성황당이다. 입구의 커다란 바위 옆에 함박꽃나무가 소담스런 꽃봉오리를 막 터뜨려 그윽한 향기가 땀방울을 씻어 준다.

국사성황당은 지난 2005년 유네스코가 지정한 '인류 무형 문화유산 대표 목록'으로 선정된 '강릉 단오제'가 시작되는 곳이다. 해마다 음력 4월 보름이면 산신제 행사가 함께 열리는데, 신라 고승인 범일국사를 성황신으로 모신 국사성황당과 별도의 전각인 산신각에는 대관령 산신인 김유신 장군을 모시고 있다. 우리 일행이 이곳에 도착했을 때 마침, 숲을 울리는 징과 장구, 방울소리가 요란하다. 산신각 앞에서 화려한 복장을 갖춘 무속인이 무굿을 하고 있다. 생전 처음 굿판을 보는 아이들이 흥미로운 표정으로 몰려든다. 굿판의 무구소리가 잦아들자 강릉이 고향인 국어 선생님께서 강릉 단오제에 얽힌 근원 설화를 맛깔나게 들려준다.

천년의 축제인 강릉 단오제는 산신, 국사성황신 그리고 국사여성황신을 모시는데 이들은 각각 실존 인물이란다. 삼국을 평정한 김유신 장군은 죽어서 산신이 되고, 신라의 고승인 범일은 국사성황신

소담스런 대관령의 함박꽃

이 되어 대관령 일대를 돌보게 된다. 정씨 가의 여인은 여성황신으로 신격화되었다. 강릉 단오제는 대관령 국사성황당에서 성황신을 모셔 와 강릉 시내의 여성황신과 함께 모시는 공동체 의례에서 시작되어 지역민들이 신에게 안녕과 풍요와 다산을 기원하는 대표적인 민속 축제이다. 단군신화의 환웅이 처음 하늘에서 땅으로 올 때 신단수를 타듯이 국사성황신이 단풍나무 신단수를 타고 내려오는데, 오래전 옛날엔 강릉부사의 명에 따라 성황신을 모시러 가는 행차가 참으로 장엄했다고 한다. 나팔, 태평소, 북, 장구의 창우패가 백 명, 저녁 때 횃불을 든 봉화군이 수백 명, 제물을 짊어진 이가 수십 명, 말을 탄 관리와 무당이 수십 명, 신단수를 따르는 무리 수백 명이 줄지어

횃불 길이만 십 리에 이르는 긴 행렬이 장관을 이루었다고 하니 아이
들은 상상만으로도 즐겁고 흥겨운가 보다.

　　일제강점기에 거의 모든 단오제가 일본 헌병들에 의해 사라지
고 강릉 단오제만 그 맥을 그대로 유지하였는데 국사성황제를 바탕
으로 한 제례, 단오굿, 관노가면극 등 무속과 난전의 놀이판이 함께

강릉 단오제가 시작되는 국사성황당

어우러졌기에 그 맥이 지속되었을 거라는 역사 선생님의 말씀을 들으니 언젠가는 강릉 단오제에도 참석하고 싶은 바람이 생긴다.

백두대간 능선 길에 오르기 전, 한참을 숲 그늘에서 머물다 보니 이마의 땀도 식는다. 아이들이 자발적으로 나서서 준비해 온 책 속 인상적인 장면을 연이어 낭독한다. 먼저 나선 아이가 '이기심'에 대한 장면을 또박또박 낭독하자 학교에서는 천방지축이던 남학생들이 사뭇 진지한 분위기로 경청하며 여기저기서 따듯한 박수까지 이어진다.

> "이기심이라는 건 바로 그런 거야. 자기 이익을 위해 남한테 손해를 주는 것만 이기심인 게 아니라 그때그때 계산하면 자기에게 손해가 없지만 그것들이 뒤로 쌓여 살아온 날 전부가 손해인 것, 그러면서도 그게 손해인지 모르고 사는 게 바로 이기심 때문인 거야."
>
> — 이순원, 〈아들과 함께 걷는 길〉

느림과 사색의
대굴령길에 안기다

국사성황당을 출발하여 경사진 오르막길을 잠시 오르면 선자

대관령 옛길을 걷는 학생들

령에서 내려오는 백두대간 주능선과 만난다. 반정으로 내려가는 옛길의 갈림길 입구엔 이제는 '강릉바우길 2구간'이란 안내판이 서 있다. 산 아래 멀리 동해가 바라뵈는 백두대간에 서서 그 옛날 이 길을 오가던 이들은 눈앞에 펼쳐진 바다를 보며 무슨 생각을 했을까. 불과 100여 년 전까지만 해도 조선 선비들의 유일한 바람은 금강산과 관동팔경의 유람이었을 게다. 그들은 이 고개를 넘으면서 어떤 신세계가 펼쳐질지 기대와 설렘으로 멀리 동해를 마주하지 않았을까?

　여기 능선 길에서부터 반정까지 내려가는 한 시간여 길은 숲의 품에 안긴 듯 아늑하다. 길은 봅슬레이 길처럼 U자형으로 움푹 패어 있고 굽이굽이 구부러진 길이다. 고개를 넘나들던 수많은 이들의 발자국이 모여 만들어진 길인지라 흐르는 물처럼 자연스럽고 오래된 부엽토가 쌓여 있는 흙길은 마음속까지 보드랍게 한다.

　강릉 사람들은 대관령길이 험해 대굴대굴 굴러가며 오르내렸다 하여 '대굴령'이라 했다 한다. 그런 급경사를 '갈 之'자의 길로 바꿔 느림과 여유와 사색의 길로 만들어 내 적절한 경사와 시야가 아늑하고 따뜻하고 편안하기 그지없다.

아이들과 선생님, 부모님들과 도란거리며 걸어 내려가는 길 양옆으로는 초여름의 생기를 받은 야생화들이 풀숲에서 만발해 있다. 노란 기린초와 주홍빛 산나리꽃 사이로 하얗게 무리지어 피어나는 초롱꽃, 까치수염, 박새꽃 군락이 싱그럽다. 다리쉼을 할 만한 곳에 이르니 김시습의 시비가 먼저 우리를 반긴다.

대관령 구름이 처음 걷히니
꼭대기의 눈이 아직도 남아 있네
양장처럼 산길은 험난도 한데
새가 다닐 좁은 산속 길은 멀기
도 하네
늙은 나무 신당을 에워싸고
맑은 안개 바다 산에 접했구나
높이 올라 글을 지으니
풍경이 사람의 흥을 돋우네

동행한 국어 선생님께서 구성진 한시 낭송에 이어 최초의 한문 소설인 〈금오신화〉

김시습 시비

시인의 마음이 되어 함께 시를 읊어 보다.

의 작가이며 천재시인이었던 매월당 김시습의 방랑과 저항의 삶에
대해 짤막한 일화까지 소개해 준다. 오백여 년 전 이 길을 넘었던 시
인의 심정으로 모두가 한목소리로 천천히 시비의 글을 다시금 읊어
본다. 옛길을 내려가서 국사성황신인 범일국사가 창건했다는 굴산
사 터와 당간지주, 그리고 강릉시내 경포호수 근처에 있는 김시습기
념관을 들러보기로 하고 다시 길을 열어 간다.

　몇 굽이를 더 돌아 내려가니 나무 의자 쉼터 앞에 조선 후기 유
학자였던 한원진의 시비가 서 있다. "새가 다닐 험한 길은 하늘에 걸
렸고, 이 길을 가는 나도 반공중을 걷고 있네." 아이들은 들뜬 마음
에 찬찬히 한시의 의미를 새길 참도 없이 친구들과 어울려 도란대며

걷는 걸음이지만, 선생님과 부모님들의 눈길은 시비에 오래 머무른
다. 그 옛날 선비의 느낌이 세월이 흐른 오늘날도 별반 다르지 않음
을 느끼며 '반공중을 걷는' 기분으로 굽이진 길을 따라 다시 걷는다.

반정에서
신사임당을 생각하다

　삼삼오오 담소를 나누며 능선 길에서부터 한 시간여를 걷다 보
니 어느새 반정에 다다른다. 횡계에서 강릉까지 옛길의 반을 뜻하는
'반정'에서 옛 영동고속도로인 456번 지방도로를 만난다. 힘들게 오
른 만큼 반정 전망대에 올라 멀리 강릉 시내와 경포호를 내려다보니
감동은 더욱 크게 다가온다.

　잠시 도로를 따라 위쪽으로 올라가면 신사임당의 시비가 우
뚝 서 있다. 강릉 친정에 머물다가 서울 길에 올랐던 사임당은 당시
38세, 고향집 친정에 62세 노모를 두고 사임당 내외와 여섯 살인 율
곡과 세 살배기인 막내딸 등 아이 여섯과 노비 넷이 따랐다. 우차를
끄는 소의 꼴 먹이 때문에 풀이 자라 오른 이맘때 쯤 길을 나서지 않
았을까. 사임당은 바로 이맘 때 이곳에서 '대관령을 넘으며 친정을
바라보다(踰大關嶺望親庭)'라는 유명한 한시를 남긴다. 1984년에 사
임당이 넘었던 여기 고개 마루에 시비를 세워 기리게 되었는데 멀리

반정에서 기념 사진도 한 장!

친정집을 바라보며 늙으신 어머님에 대한 걱정과 그리움이 절절히 느껴지는 시이다. 시비 옆 전망대에는 문화체육관광부 한국관광공사가 지정한 '사진 찍기 좋은 녹색명소'라는 안내판도 서 있다.

　행렬의 중간중간, 혹은 맨 뒤에서 아이들을 보살피며 걸어 내려온 어머님 한 분이 배낭에서 두툼한 책을 꺼낸다. 시비가 있는 전망대에 서서 멀리 동해를 바라보며 어머님은 차분한 목소리로 '길 위의 낭독회'를 이어간다.

**　이제 저 고개를 마저 넘어가면 다시 돌아보기 어려운 고향이었다. 사임당은 반정에서 걸음을 멈추고 쉬는 동안 혼자**

　　　　가고 싶은 길 강원도 문학기행 봄·여름·가을·겨울

마음속으로 생각했다. 우리 마음에 고향이 어디던가. 그곳
은 바로 어머니가 계신 곳이 아니던가. 그러다가 어머니가
돌아가시면 그때는 마음속의 고향마저 사리지고 마는 것이
아니던가. 그러자 왠지 왈칵 서럽고도 슬픈 생각이 밀려들
었다. 거기에 흰 구름까지 몇 점 대관령 굽이 길에 흰 띠처
럼 드리워져 있었다. 사임당은 자신이 고개를 다 넘기 전 저
구름이 어머니가 계신 곳을 가릴까 봐 마음 졸였다. 사임당
은 저 멀리 북평촌에 두고 온 어머니 생각에 저절로 복받쳤
다. 산 아래 눈길까지 아득한 북평촌을 바라보며 남편과 아
이들 모르게 눈물을 짓고 난 다음 사임당은 마음속으로 시
한 수를 지었다.

늙으신 어머님을 임영(강릉)에 두고 (慈親鶴髮在臨瀛)
외로이 서울을 가는 이 마음 (身向長安獨去情)
돌아보니 북평촌은 아득도 한데 (回首北坪時一望)
흰 구름만 저문 산을 날아 내리네. (白雲飛下暮山靑)

— 이순원, 〈사임당〉

신사임당! 우리나라 화폐 중 여성이 도안으로 들어간 최초의
사례이며 가장 큰 액수의 화폐 속 인물이다. 조선 시대 중기의 대학
자 율곡 이이의 어머니이자 남편 이원수의 아내. 하지만 역사 속에

확고히 자리매김한 한 예술가로서의 사임당을 떠올린다. 시, 글씨, 그림에 천부적인 재능과 교양, 학문을 갖춘 예술인이었던 사임당. 당시의 시대적 상황 속에서 엄연한 사상적 한계를 지니고 있지만 사임당의 일대기는 그저 의존적인 봉건시대 여성의 삶은 아니었음을 일깨운다. 자식들에게는 교사로서 삶의 올바른 길을 제시하고 자신보다 부족했던 남편을 격려하며 바른 길을 걷도록 북돋웠던 사임당. 조선 명종 때 학자이며 문인이었던 어숙권은 "사임당의 포도와 산수는 절묘하여 평하는 이들이 '안견의 다음에 간다.'라고 한다. 어찌 부녀자의 그림이라 하여 경홀히 여길 것이며 또 어찌 부녀자에게 합당한 일이 아니라고 나무랄 수 있을 것이랴." 라며 사임당의 예술적 재능을 격찬하였다.

반정의 신사임당 시비 앞에서 동해의 바람을 몰고 골짜기를 거슬러 올라오는 싱그러운 바람을 맞으며 시 한 수에 가득히 배어나는 그녀의 노모에 대한 애틋함을 헤아려 본다. 더불어 나비, 곤충, 풀꽃, 들쥐 등 세상의 작고 소소한 것들을 화폭 안의 우주에 담아 냈던 사임당의 건강한 여성성과 자존감을 다시 생각하며 우리 일행은 한목소리로 사임당의 한시를 읊어 본다.

반정에서부터는 잠시 가파른 내리막길이 이어지다 아름드리 소나무 숲길과 만난다. 금강소나무 숲길이다. 바라만 봐도 하늘을 향해 뻗은 나무들의 자태에 가슴속까지 맑아지는 아름드리 금강소나무가 울울창창한 솔향기 물씬 풍기는 길이다. 길은 다시 푹신한

〈대관령도〉, 김홍도

부엽토길로 이어지면서 뜻밖에 패널에 프린트된 김홍도의 〈대관
령도〉를 만난다. 김홍도가 정조 12년에 관동팔경과 금강산을 그려
바친 '금강사군첩'에 있는 그림이라는 안내문이 보인다. 아마도 김
홍도 역시 대관령 백두대간을 넘어서며 반정쯤에서 바라뵈는 동해
와 경포호수의 원경에 반해 화구를 내려놓고 한 폭 그림을 남겼으
리라.

진정한 나눔과
우정을 새기다

금강소나무의 멋들어진 가지를 그늘 삼아 한참을 더 내려가면 옛 주막터에는 초가의 주막집이 복원되어 있고 마당 한편에는 물레방아와 약수가 시원하게 반긴다. '기관이병화유혜불망비(記官李秉華遺惠不忘碑)' 앞에서 잠시 그의 선행을 기리며 아이들과 이야기를 나눈다. 순조 24년 대관령 인근의 주민들과 이 고개를 넘나들던 장사꾼들이 세웠을 거라고 추정되는 비문의 내용이 따스하게 밀려온다. 당시 하급 관리였던 이병화는 험준한 고갯길에 민가가 없어, 겨울이면 얼어 죽는 사람들이 많은 것을 안타깝게 여겼다. 이에 벼 500석을 내놓아 반정에 주막을 짓고 어려운 나그네들에게 침식을 제공했다는 내용이다. 아이들과 함께 비석을 어루만지면서 진정한 나눔의 정신을 되새겨 본다. 주막집 쪽마루에 앉아 약수로 목을 축이며 '길 위의 낭독회'를 다시 이어간다. 이번에는 짝꿍과 함께 동참한 남학생 둘이서 '우정에 대하여'를 번갈아 입체 낭독하며 분위기를 돋운다.

"친구란 그런 거야. 무얼 꼭 크게 도와주고 힘든 일을 해 주어야만 좋은 친구인 것이 아니라 어떤 일로든 그 사람이 정말 내 친구구나 하는 걸 확인하게 될 때 마음속에 다시 커다

길 위의 낭독회를 이어가는 아이들

란 우정이 쌓이는 거란다."

- 이순원, 〈아들과 함께 걷는 길〉, 우정에 대하여

부드러운 흙길은 하산할수록 돌길로 바뀐다. 이 길을 오가던 이들의 바람을 담은 돌탑들이 서 있다. 아이들도 각자의 바람을 담아 길가에 작은 돌탑을 쌓아 본다. 대관령 정상에서부터 흘러내린 계곡은 차츰 넓어지고 물소리는 커진다. 호젓이 이 길을 걸었다면 아예 양말을 벗고 계곡물에 발을 담그고 싶은 마음이 간절했겠지만 이 많은 아이들과 일행을 계곡물로 안내하기는 벅차다.

옛길의 끝에는 '하제민원터'가 기다리고 있다. 그 옛날엔 산적과 들짐승이 많아 혼자 가는 것을 막고 열 명의 사람이 모이면 통과시켜 주었다는 대관령의 관문이기도 하다. 지금은 팬션과 현대판 주막이 대신하거나 뜬금없이 우주선 화장실이 서 있어 당황스럽다. '얼마나 대관령 옛길이 예뻤으면 우주인들도 반해서 우주선을 착륙시켰겠느냐.'라는 취지로 화장실을 만들었다는데 그런 억지가 오히려 헛웃음을 짓게 한다.

하제민원터에서 대관령 박물관까지는 딱딱한 시멘트 포장길인데, 길가의 울창한 금강송 숲길을 따라 마지막 고개인 원울이재를 넘어야 한다. 강릉으로 발령받은 관원이 한양에서 600여 리 떨어진 곳에 머물러야 하는 신세를 한탄하며 멀리 푸른 바다가 보이자 세상 끝이라고 생각한 나머지 설움에 복받쳐 눈물을 흘렸다. 하지만 임기를 마치고 떠날 때는 그동안 백성들과 정이 들어 따뜻한 인심을 못 잊어 다시 한 번 울었다는 고개다.

길을 걸으며 너와 나, 우리를 만나다

반정에서 걷기가 힘든 아이들 몇 명쯤은 버스를 타고 내려올 줄 알았는데 오히려 아이들은 한 명도 포기하지 않고 거뜬하게 내리막길을 내려왔다. 친구와 선생님과 부모님과 함께 걷는 길이기에 힘을 얻었으리라. 중간중간 간식을 나누며, 다리쉼을 하며, 선생님의 맛깔스런 이야기와 '길 위의 낭독회'가 주는 즐거움도 한몫했으리라. 그래도 다섯 시간 남짓을 걷다 보니 다소 지친 표정이 드러난다. 원울이재를 넘어오며 서로서로 짝을 지어 한 사람이 길을 안내하고 한 사람은 잠시 뒤로 걷는 체험을 교대로 해 본다. 다리 근육을 풀기 위한 단순한 동작이었지만 뒤로 걷기에 대한 어색함과 긴장을 푸는 순간 눈앞에 새로운 풍경이 펼쳐진다. 아련하게 멀어지는 대

길 위에서 우리를 만나다.

관령 산봉우리와 능선과 풀꽃들과 바위를 보며 손 안에 움켜 쥔 것들을 무연히 놓아 버리는 기분이 든다. 땀 흘리며 스쳐 지나온 울창한 숲과 걸어온 먼 길이 새롭게 느껴진다. 그리고 마음은 한없이 편안해진다. 일상의 삶을 떠나 길을 걷는 것은 결국 새로운 생활의 현장으로 다시 돌아오기 위한 떠남임을 안다. 넘어짐을 무릅쓰고 뒤로 걸으며 현재의 삶을 무연히 바라보기 위해 오늘도 아이들과 함께 먼 길을 걸었다는 생각이 든다.

드디어 옛길의 끝인 대관령 박물관이 반긴다. 고인돌 형태의 건물로 좌청룡, 우백호, 남주작, 북현무 등 4개의 전시실과 생활 용

이순원 작가와 함께한 낭독회

품 전시 공간인 우리방과 토기방도 있다. 야외 전시장의 석물들까지 한 바퀴 돌면서 산촌마을 토속 문화재를 만나는 즐거움이 있다.

"좋다. 이렇게 대관령 넘으니까. 어릴 땐 늘 저 큰령 너머엔 뭐가 있을까 궁금했었는데."
"그래. 바다 건너는 안 궁금해도 말이지."
"넘어 보니까 니 눈엔 뭐가 있더나?"
"거기도 똑같은 세상이 있더라."
"어떤 세상이?"
"큰 세상일 줄 알았는데 거기도 작은 사람들이 모여 사는 작은 세상이. 이 큰령뿐 아니라 많이는 안 살았지만 우리가 살아 온 세월 너머도 그렇고……."
"그래도 대관령 넘으면 마음이 편해진다. 모든 것 다 잊게 되고."
"우리한테 여기가 큰 세상이니까."
"그래, 이보다 더 큰 세상도 없을 거다."

– 이순원, 〈강릉 가는 옛길〉

가고 싶은 길 강원도 문학기행 봄·여름·가을·겨울

함께 길을 걷는 것은 때로 잊었던 기억을 다시 찾는 기회이다. 땀 흘려 걷다 보면 자신에 대하여 깊이 생각할 여유가 생기기 때문이다. 혼자가 아닌 누군가와 함께 걷는다는 것은 나만의 세계를 벗어나 너와 우리의 세계를 온전하게 경험하는 것이다. 발로, 다리로, 온몸으로 걸으면서 자신의 삶에 대한 소중한 감정을 되찾는 일이다.

옛 선비들이 곶감 한 접을 메고 가며 한 굽이 돌 때마다 한 개씩 빼먹다가 마지막 산모롱이를 돌 때 단 한 개만 남았다고 해서 '아흔아홉 고개'라고 했다는 대관령 옛길, 선조들이 걸어서 넘던 대관령 옛길은 이제 등산객이 찾는 길로만 남았다. 그러나 우리는 안다. 대관령의 진면목은 이 옛길에 있다는 것을. 아흔아홉 굽이 대관령 옛길을 걷다 보면 굽이굽이 숨겨진 옛정을 느끼며 친구와 부모님과 사제 간의 오붓한 정담을 나눔은 물론, 오롯이 자신을 대면하며 너와 나의 소중한 시간을 만날 수 있다는 것을……

글. 한명숙

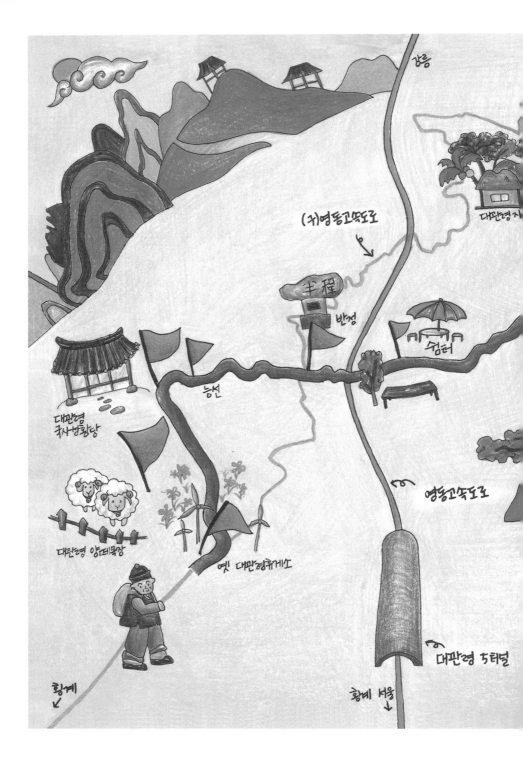

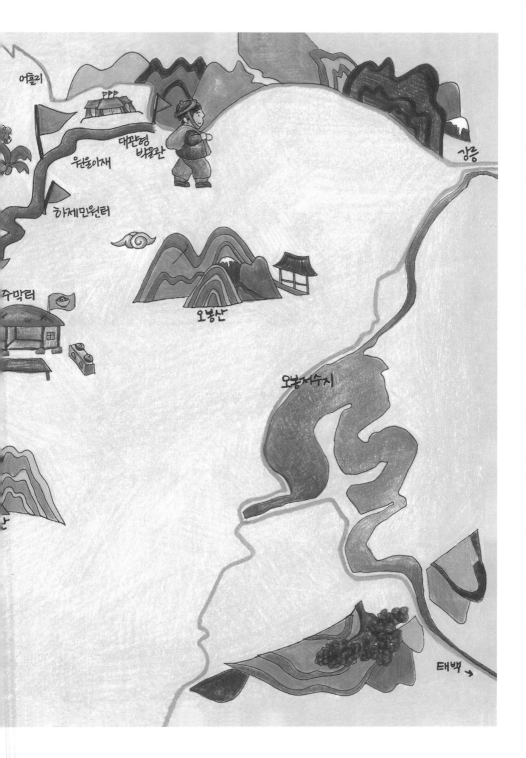

어흘리

원울아재

대관령
박물관

하제민원터

강릉

수막터

오봉산

오봉저수지

태백 →

손바닥 여행 정보

대관령 양떼목장

대관령 양떼목장은 대관령의
정상에 위치하고 있다. 계절마
다 그 계절에 맞는 다양한 모습
이 연출되는 곳이라 사계절 내
내 많은 관광객들이 찾는다. 풀
위에서 한가로이 노니는 양들
을 만날 수 있어, 이국적인 분
위기를 풍기는 곳이다.

©shutterstock

굴산사 사적지

강원도 강릉시 구정면 학산리 일대에 분포한 사적 제448호인 강릉 굴산사
지는 대관령박물관에서 10km 정도 떨어져 있다. 범일국사가 신라 문성왕
9년(847년) 창건한 사찰로 신라의 불교 종파인 5교9산 중 9본산의 하나였
다. 굴산사가 폐사된 연대는 확실하지 않으나 고려 말이나 조선 초기 쯤으
로 추정된다. 굴산사 일대는 현재 농경지로 변해 확실한 규모와 가람 배
치는 알 수 없으나 영동 지역 최대의 사찰로 전해지고 있다. 현재 이곳
에는 국사성황신인 범일국사 사리
탑으로 추정되는 굴산사지 부도(보
물 제85호), 우리나라에서 가장 규
모가 크고(높이 5.4m), 통일신라 시
대의 웅대한 조형미를 보여 주는 굴
산사지 당간지주(보물 제86호), 굴
산사지 석불좌상(문화재자료 제
38호), 범일국사 탄생 설화가 얽힌
학바위와 석천(石泉)이 있어 당시
의 규모를 짐작할 수 있다.

산중의 작고 아름다운 박물관, 대관령 박물관

한평생 고미술품 수집과 연구에 힘썼던 홍귀숙 선생이 1993년 5월 15일 강릉의 영산인 대관령 중턱 어흘리에 연 박물관이다. 자연과의 조화를 생각하며 8.974m² 부지에 연면적 972m²의 고인돌 형상으로 지은 대관령박물관은 이름에서 알 수 있듯이 대관령이라는 자연 환경과 어울려 그 아름다움을 더한다. 전시실은 네 방위를 수호하는 사신의 이름을 따서 청룡방, 백호방, 주작방, 현무방으로 구분하고 청룡방과 주작방 사이에 우리방, 청룡방과 현무방 사이에 토기방을 두었다. 여섯 개의 전시실은 이름이 상징하는 바대로 전시공간을 독특하게 꾸미며 선사, 역사, 민속유물 1,000여 점을 전시하였다. 아외전시장에는 흐르는 물을 이용하여 움직이는 물레방아를 비롯하여, 각종 석조 미술품을 전시하였다. 대관령 옛길의 입구에 위치한 박물관은 등산객들의 오르내림을 움직임 없는 손짓으로 반기며, 개관 이래 변함없이 조용한 어조로 우리의 옛 문화를 말해 주고 있다.

— 대관령 박물관 소개 중

작가 이순원에 대하여

강원도 강릉 출신의 소설가이다. 1988년 〈낮달〉이라는 작품으로 문학사상을 통해 등단했다. 1996년 〈수색, 어머니 가슴속으로 흐르는 무늬〉로 동인문학상을, 2000년 〈아비의 잠〉으로 이효석문학상을 수상했다.

가을

메밀꽃 필 무렵

1936, 이효석 作

메밀꽃 필 무렵

이효석

1

여름 장이란 애시당초에 글러서, 해는 아직 중천에 있건만 장판은 벌써 쓸쓸하고 더운 햇발이 벌려 놓은 전 휘장 밑으로 등줄기를 훅훅 볶는다. 마을 사람들은 거지반 돌아간 뒤요, 팔리지 못한 나무꾼패가 길거리에 궁싯거리고들 있으나 석유병이나 받고 고깃마리나 사면 족할 이 축들을 바라고 언제까지든지 버티고 있을 법은 없다. 충충스럽게 날아드는 파리 떼도, 장난꾼 각다귀들도 귀찮다. 얼금뱅이요 왼손잡이인 드팀전의 허 생원은 기어코 동업의 조 선달을 낚아 보았다.

"그만 거둘까?"

"잘 생각했네. 봉평 장에서 한 번이나 흐붓하게 사 본 일 있었을
까. 내일 대화 장에서나 한몫 벌어야겠네."

"오늘 밤은 밤을 새서 걸어야 될걸."

"달이 뜨렷다."

절렁절렁 소리를 내며 조 선달이 그 날 산 돈을 따지는 것을 보
고 허 생원은 말뚝에서 넓은 휘장을 걷고 벌여 놓았던 물건을 거두
기 시작하였다. 무명 필과 주단 바리가 두 고리짝에 꼭 찼다. 멍석
위에는 천 조각이 어수선하게 남았다.

다른 축들도 벌써 거진 전들을 걷고 있었다. 약빠르게 떠나는 패
도 있었다. 어물 장수도 땜장이도 엿장수도 생강 장수도 꼴들이 보
이지 않았다. 내일은 진부와 대화에 장이 선다. 축들은 그 어느 쪽으
로든지 밤을 새며 육칠십 리 밤길을 타박거리지 않으면 안 된다. 장
판은 잔치 뒷마당같이 어수선하게 벌어지고 술집에서는 싸움이 터
져 있었다. 주정꾼 육지거리에 섞여 계집의 앙칼진 목소리가 찢어졌
다. 장날 저녁은 정해 놓고 계집의 고함 소리로 시작되는 것이다.

"생원, 시침을 떼두 다 아네…… 충줏집 말야."

계집 목소리로 문득 생각난 듯이 조 선달은 비죽이 웃는다.

"화중지병이지. 연소패들을 적수로 하구야 대거리가 돼야 말이지."

"그렇지두 않을걸. 축들이 사족을 못 쓰는 것두 사실은 사실이

나, 아무리 그렇다곤 해두 왜 그 동이 말일세, 감쪽같이 충줏집을 후린 눈치거든."

"무어, 그 애숭이가? 물건 가지고 낚었나 부지. 착실한 녀석인 줄 알었더니."

"그 길만은 알 수 있나…… 궁리 말구 가보세나그려. 내 한턱 씀세."

그다지 마음이 당기지 않는 것을 쫓아갔다. 허 생원은 계집과는 연분이 멀었다. 얼금뱅이 상판을 쳐들고 대어 설 숫기도 없었으나, 계집 편에서 정을 보낸 적도 없었고, 쓸쓸하고 뒤틀린 반생이었다. 충줏집을 생각만 하여도 철없이 얼굴이 붉어지고 발밑이 떨리고 그 자리에 소스라쳐 버린다. 충줏집 문을 들어서 술좌석에서 짜장 동이를 만났을 때에는 어찌 된 서슬엔지 발끈 화가 나버렸다. 상 위에 붉은 얼굴을 쳐들고 제법 계집과 농탕치는 것을 보고서야 견딜 수 없었던 것이다. 녀석이 제법 난질꾼인데 꼴사납다. 머리에 피도 안 마른 녀석이 낮부터 술 처먹고 계집과 농탕이야. 장돌뱅이 망신만 시키고 돌아다니누나. 그 꼴에 우리들과 한몫 보자는 셈이지. 동이 앞에 막아서면서부터 책망이었다. 걱정두 팔자요 하는 듯이 빤히 쳐다보는 상기된 눈망울에 부딪칠 때, 결김에 따귀를 하나 갈겨 주지 않고는 배길 수 없었다. 동이도 화를 쓰고 팩하게 일어서기는 하였으나, 허 생원은 조금도 동색하는 법 없이 마음먹은 대로는 다 지껄였다—어디서 주워 먹은 선머슴인지는 모르겠으나,

네게도 아비 어미 있겠지. 그 사나운 꼴 보면 맘 좋겠다. 장사란 탐탁하게 해야 되지, 계집이 다 무어야, 나가거라, 냉큼 꼴 치워.

그러나 한마디도 대거리하지 않고 하염없이 나가는 꼴을 보려니, 도리어 측은히 여겨졌다. 아직도 서름서름한 사인데 너무 과하지 않았을까 하고 마음이 섬뜩해졌다. 주제도 넘지, 같은 술손님이면서도 아무리 젊다고 자식 낳게 되는 것을 붙들고 치고 닦아세울 것은 무어야, 원. 충줏집은 입술을 쫑긋하고 술 붓는 솜씨도 거칠었으나, 젊은애들한테는 그것이 약이 된다나 하고 그 자리는 조 선달이 얼버무려 넘겼다. 너 녀석한테 반했지? 애숭이를 빼면 죄 된다. 한참 법석을 친 후이다. 담도 생긴데다가 웬일인지 흠뻑 취해 보고 싶은 생각도 있어서 허 생원은 주는 술잔이면 거의 다 들이켰다. 거나해짐을 따라 계집 생각보다도 동이의 뒷일이 한결같이 궁금해졌다. 내 꼴에 계집을 가로채서는 어떡할 작정이었누 하고 어리석은 꼬락서니를 모질게 책망하는 마음도 한편에 있었다. 그러기 때문에 얼마나 지난 뒤인지 동이가 헐레벌떡거리며 황급히 부르러 왔을 때에는, 마시던 잔을 그 자리에 던지고 정신없이 허덕이며 충줏집을 뛰어나간 것이었다.

"생원 당나귀가 바를 끊구 야단이에요."

"각다귀들 장난이지 필연코."

짐승도 짐승이려니와 동이의 마음씨가 가슴을 울렸다. 뒤를 따라 장판을 달음질하려니 거슴츠레한 눈이 뜨거워질 것 같다.

"부락스런 녀석들이라 어쩌는 수 있어야죠."

"나귀를 몹시 구는 녀석들은 그냥 두지는 않는걸."

반평생을 같이 지내 온 짐승이었다. 같은 주막에서 잠자고, 같은 달빛에 젖으면서 장에서 장으로 걸어 다니는 동안에 이십 년의 세월이 사람과 짐승을 함께 늙게 하였다. 가스러진 목 뒤 털은 주인의 머리털과도 같이 바스러지고, 개진개진 젖은 눈은 주인의 눈과 같이 눈곱을 흘렸다. 몽당비처럼 짧게 쓸리운 꼬리는, 파리를 쫓으려고 기껏 휘저어 보아야 벌써 다리까지는 닿지 않았다. 닳아 없어진 굽을 몇 번이나 도려내고 새 철을 신겼는지 모른다. 굽은 벌써 더 자라나기는 틀렸고 닳아 버린 철 사이로는 피가 빼짓이 흘렀다. 냄새만 맡고도 주인을 분간하였다. 호소하는 목소리로 야단스럽게 울며 반겨한다.

어린아이를 달래듯이 목덜미를 어루만져 주니 나귀는 코를 벌름거리고 입을 투르르거렸다. 콧물이 튀었다. 허 생원은 짐승 때문에 속도 무던히는 썩였다. 아이들의 장난이 심한 눈치여서 땀 배인 몸뚱어리가 부들부들 떨리고 좀체 흥분이 식지 않는 모양이었다. 굴레가 벗어지고 안장도 떨어졌다. 요 몹쓸 자식들, 하고 허 생원은 호령을 하였으나 패들은 벌써 줄행랑을 논 뒤요 몇 남지 않은 아이들이 호령에 놀라 비슬비슬 멀어졌다.

"우리들 장난이 아니우. 암놈을 보고 저 혼자 발광이지."

코흘리개 한 녀석이 멀리서 소리를 쳤다.

"고 녀석 말투가."

"김 첨지 당나귀가 가버리니까 왼통 흙을 차고 거품을 흘리면서 미친 소같이 날뛰는걸. 꼴이 우스워 우리는 보고만 있었다우. 배를 좀 보지."

아이는 앵돌아진 투로 소리를 치며 깔깔 웃었다. 허 생원은 모르는 결에 낯이 뜨거워졌다. 뭇 시선을 막으려고 그는 짐승의 배 앞을 가려 서지 않으면 안 되었다.

"늙은 주제에 암내를 내는 셈야, 저놈의 짐승이."

아이의 웃음소리에 허 생원은 주춤하면서 기어코 견딜 수 없어 채찍을 들더니 아이를 쫓았다.

"쫓으려거든 쫓아 보지. 왼손잡이가 사람을 때려."

줄달음에 달아나는 각다귀에는 당하는 재주가 없었다. 왼손잡이는 아이 하나도 후릴 수 없다. 그만 채찍을 던졌다. 술기도 돌아 몸이 유난스럽게 화끈거렸다.

"그만 떠나세. 녀석들과 어울리다가는 한이 없어. 장판의 각다귀들이란 어른보다도 더 무서운 것들인걸."

조 선달과 동이는 각각 제 나귀에 안장을 얹고 짐을 싣기 시작하였다. 해가 꽤 많이 기울어진 모양이었다.

드팀전 장돌이를 시작한 지 이십 년이나 되어도 허 생원은 봉평 장을 빼논 적은 드물었다. 충주 제천 등의 이웃 군에도 가고, 멀리 영남 지방도 헤매이기는 하였으나 강릉쯤에 물건 하러 가는 외에는 처음부터 끝까지 군내를 돌아다녔다. 닷새만큼씩의 장날에는 달보다도 확실하게 면에서 면으로 건너간다. 고향이 청주라고 자랑삼아 말하였으나 고향에 돌보러 간 일도 있는 것 같지는 않았다. 장에서 장으로 가는 길의 아름다운 강산이 그대로 그에게는 그리운 고향이었다. 반날 동안이나 뚜벅뚜벅 걷고 장터 있는 마을에 거지반 가까웠을 때, 거친 나귀가 한바탕 우렁차게 울면—더구나 그것이 저녁녘이어서 등불들이 어둠 속에 깜박거릴 무렵이면 늘 당하는 것이건만 허 생원은 변치 않고 언제든지 가슴이 뛰놀았다.

젊은 시절에는 알뜰하게 벌어 돈푼이나 모아 본 적도 있기는 있었으나, 읍내에 백중이 열린 해 호탕스럽게 놀고 투전을 하고 하여 사흘 동안에 다 털어 버렸다. 나귀까지 팔게 된 판이었으나 애끓는 정분에 그것만은 이를 물고 단념하였다. 결국 도로아미타불로 장돌이를 다시 시작할 수밖에는 없었다. 짐승을 데리고 읍내를 도망해 나왔을 때에는 너를 팔지 않기 다행이었다고 길가에서 울면서 짐승의 등을 어루만졌던 것이었다. 빚을 지기 시작하니 재산을 모을 염은 당초에 틀리고 간신히 입에 풀칠을 하러 장에서 장으로 돌아다니게 되었다.

호탕스럽게 놀았다고는 하여도 계집 하나 후려 보지는 못하였다. 계집이란 좀 쌀쌀하고 매정한 것이었다. 평생 인연이 없는 것이라고 신세가 서글퍼졌다. 일신에 가까운 것이라고는 언제나 변함없는 한 필의 당나귀였다.

그렇다고는 하여도 꼭 한 번의 첫 일을 잊을 수는 없었다. 뒤에도 처음에도 없는 단 한 번의 괴이한 인연! 봉평에 다니기 시작한 젊은 시절의 일이었으나 그것을 생각할 적만은 그도 산 보람을 느꼈다.

달밤이었으나 어떻게 해서 그렇게 됐는지 지금 생각해도 도무지 알 수는 없었다.

허 생원은 오늘 밤도 또 그 이야기를 끄집어내려는 것이다. 조 선달은 친구가 된 이래 귀에 못이 박히도록 들어 왔다. 그렇다고 싫증을 낼 수도 없었으나 허 생원은 시침을 떼고 되풀이할 대로는 되풀이하고야 말았다.

"달밤에는 그런 이야기가 격에 맞거든."

조 선달 편을 바라는 보았으나 물론 미안해서가 아니라 달빛에 감동하여서였다. 이지러는졌으나 보름을 가제 지난 달은 부드러운 빛을 흐붓이 흘리고 있다. 대화까지는 칠십 리의 밤길. 고개를 둘이나 넘고 개울을 하나 건너고 벌판과 산길을 걸어야 된다. 달은 지금 긴 산허리에 걸려 있다. 밤중을 지난 무렵인지 죽은 듯이 고요한 속에서 짐승 같은 달의 숨소리가 손에 잡힐 듯이 들리며, 콩 포기와 옥수수 잎새가 한층 달에 푸르게 젖었다. 산허리는 온통 모밀밭이어서 피기 시작한 꽃이 소금을 뿌린 듯이 흐붓한 달빛에 숨이 막힐 지경이다. 붉은 대궁이 향기같이 애잔하고 나귀들의 걸음도 시원하다. 길이 좁은 까닭에 세 사람은 나귀를 타고 외줄로 늘어섰다. 방울 소리가 시원스럽게 딸랑딸랑 모밀밭께로 흘러간다. 앞장선 허 생원의 이야기 소리는 꽁무니에 선 동이에게는 확적히는 안 들렸으나, 그는 그대로 개운한 제 멋에 적적하지는 않았다.

"장 선 꼭 이런 날 밤이었네. 객줏집 토방이란 무더워서 잠이 들어야지. 밤중은 돼서 혼자 일어나 개울가에 목욕하러 나갔지. 봉평은 지금이나 그제나 마찬가지나 보이는 곳마다 모밀밭이어서 개울가가 어디 없이 하얀 꽃이야. 돌밭에 벗어도 좋을 것을, 달이 너무도 밝은 까닭에 옷을 벗으러 물방앗간으로 들어가지 않았나. 이상한 일도 많지. 거기서 난데없는 성서방네 처녀와 마주쳤단 말이네. 봉평서야 제일가는 일색이었지."

"팔자에 있었나 부지."

아무렴 하고 응답하면서 말머리를 아끼는 듯이 한참이나 담배를 빨 뿐이었다.

구수한 자줏빛 연기가 밤기운 속에 흘러서는 녹았다.

"날 기다린 것은 아니었으나 그렇다고 달리 기다리는 놈팽이가 있는 것두 아니었네. 처녀는 울고 있단 말야. 짐작은 대고 있었으나 성서방네는 한창 어려워서 들고날 판인 때였지. 한집안 일이니 딸에겐들 걱정이 없을 리 있겠나. 좋은 데만 있으면 시집도 보내련만 시집은 죽어도 싫다지…… 그러나 처녀란 울 때같이 정을 끄는 때가 있을까. 처음에는 놀라기도 한 눈치였으나 걱정 있을 때는 누그러지기도 쉬운 듯해서 이럭저럭 이야기가 되었네…… 생각하면 무섭고도 기막힌 밤이었어."

"제천연지로 줄행랑을 놓은 건 그 다음날이었나?"

"다음 장도막에는 벌써 온 집안이 사라진 뒤였네. 장판은 소문에 발끈 뒤집혀 고작해야 술집에 팔려가기가 상수라고 처녀의 뒷공론이 자자들 하단 말이야. 제천 장판을 몇 번이나 뒤졌겠나. 하나 처녀의 꼴은 꿩 궈 먹은 자리야. 첫날밤이 마지막 밤이었지. 그때부터 봉평이 마음에 든 것이 반평생을 두고 다니게 되었네. 평생인들 잊을 수 있겠나."

"수 좋았지. 그렇게 신통한 일이란 쉽지 않어. 항용 못난 것 얻어 새끼 낳고, 걱정 늘고 생각만 해두 진저리나지…… 그러나 늘그막바지까지 장돌뱅이로 지내기도 힘드는 노릇 아닌가? 난 가을까지만 하구 이 생애와두 하직하려네. 대화쯤에 조그만 전방이나 하나 벌이구 식구들을 부르겠어. 사시장철 뚜벅뚜벅 걷기란 여간이래야지."

"옛 처녀나 만나면 같이나 살까…… 난 거꾸러질 때까지 이 길 걷고 저 달 볼 테야."

산길을 벗어나니 큰길로 틔어졌다. 꽁무니의 동이도 앞으로 나서 나귀들은 가로 늘어섰다.

"총각두 젊겠다, 지금이 한창 시절이렷다. 충줏집에서는 그만 실수를 해서 그 꼴이 되었으나 섧게 생각 말게."

"처 천만에요. 되려 부끄러워요. 계집이란 지금 웬 제격인가요. 자나깨나 어머니 생각뿐인데요."

허 생원의 이야기로 심심해 한 끝이라 동이의 어조는 한풀 수그러진 것이었다.

"애비 에미란 말에 가슴이 터지는 것도 같았으나 제겐 아버지가 없어요. 피붙이라고는 어머니 하나뿐인걸요."

"돌아가셨나?"

"당초부터 없어요."

"그런 법이 세상에."

생원과 선달이 야단스럽게 껄껄들 웃으니, 동이는 정색하고 우길 수밖에는 없었다.

"부끄러워서 말하지 않으려 했으나 정말예요. 제천 촌에서 달도 차지 않은 아이를 낳고 어머니는 집을 쫓겨났죠. 우스운 이야기나, 그러기 때문에 지금까지 아버지 얼굴도 본 적 없고, 있는 고장도 모르고 지내 와요."

고개가 앞으로 놓인 까닭에 세 사람은 나귀를 내렸다. 둔덕은 험하고 입을 벌리기도 대근하여 이야기는 한동안 끊겼다. 나귀는 건듯하면 미끄러졌다. 허 생원은 숨이 차 몇 번이고 다리를 쉬지 않으면 안 되었다. 고개를 넘을 때마다 나이가 알렸다. 동이 같은 젊은 축이 그지없이 부러웠다. 땀이 등을 한바탕 쪽 씻어 내렸다.

고개 너머는 바로 개울이었다. 장마에 흘러 버린 널다리가 아직도 걸리지 않을 채로 있는 까닭에 벗고 건너야 되었다. 고의를 벗어 따로 등에 얽어매고 반벌거숭이의 우스꽝스런 꼴로 물 속에 뛰어들었다. 금방 땀을 흘린 뒤였으나 밤 물은 뼈를 찔렀다.

"그래, 대체 기르긴 누가 기르구?"

"어머니는 하는 수 없이 의부를 얻어 가서 술장사를 시작했죠. 술이 고주래서 의부라고 전 망나니예요. 철들어서부터 맞기 시작한 것이 하룬들 편한 날 있었을까. 어머니는 말리다가 채고 맞고 칼부림을 당하곤 하니 집 꼴이 무어겠소. 열여덟 살 때 집을 뛰어나와서부터 이 짓이죠."

"총각 낫세론 섬이 무던하다고 생각했더니 듣고 보니 딱한 신세로군."

물은 깊어 허리까지 찼다. 속 물살도 어지간히 센데다가 발에 채는 돌멩이도 미끄러워 금시에 훌칠 듯하였다. 나귀와 조 선달은 재빨리 거의 건넜으나 동이는 허 생원을 붙드느라고 두 사람은 훨씬 떨어졌다.

"모친의 친정은 원래부터 제천이었던가?"

"웬걸요, 시원스리 말은 안 해 주나 봉평이라는 것만은 들었죠."

"봉평? 그래 그 아비 성은 무엇인구?"

"알 수 있나요. 도무지 듣지를 못했으니까."

"그 그렇겠지."

하고 중얼거리며 흐려지는 눈을 까물까물하다가 허 생원은 경

망하게도 발을 빗디디었다. 앞으로 고꾸라지기가 바쁘게 몸째 풍
덩 빠져 버렸다. 허비적거릴수록 몸을 걷잡을 수 없어 동이가 소리
를 치며 가까이 왔을 때에는 벌써 퍽으나 흘렀었다. 옷째 쫄짝 젖
으니 물에 젖은 개보다도 참혹한 꼴이었다. 동이는 물 속에서 어른
을 해깝게 업을 수 있었다. 젖었다고는 하여도 여윈 몸이라 장정
등에는 오히려 가벼웠다.

"이렇게까지 해서 안됐네. 내 오늘은 정신이 빠진 모양이야."

"염려하실 것 없어요."

"그래 모친은 아비를 찾지는 않는 눈치지?"

"늘 한번 만나고 싶다고는 하는데요."

"지금 어디 계신가?"

"의부와도 갈라져 제천에 있죠. 가을에는 봉평에 모셔 오려고
생각 중인데요. 이를 물고 벌면 이럭저럭 살아갈 수 있겠죠."

"아무렴, 기특한 생각이야. 가을이랬다?"

동이의 탐탁한 등허리가 뼈에 사무쳐 따뜻하다. 물을 다 건넜을
때에는 도리어 서글픈 생각에 좀더 업혔으면도 하였다.

"진종일 실수만 하니 웬일이오, 생원."

조 선달은 바라보며 기어코 웃음이 터졌다.

"나귀야. 나귀 생각하다 실족을 했어. 말 안 했던가. 저 꼴에 제
법 새끼를 얻었단 말이지. 읍내 강릉집 피마에게 말일세. 귀를 쫑
긋 세우고 달랑달랑 뛰는 것이 나귀 새끼같이 귀여운 것이 있을까.

그것 보러 나는 일부러 읍내를 도는 때가 있다네."

"사람을 물에 빠치울 젠 딴은 대단한 나귀 새끼군."

허 생원은 젖은 옷을 웬만큼 짜서 입었다. 이가 덜덜 갈리고 가슴이 떨리며 몹시도 추웠으나 마음은 알 수 없이 둥실둥실 가벼웠다.

"주막까지 부지런히들 가세나. 뜰에 불을 피우고 훗훗이 쉬어. 나귀에겐 더운 물을 끓여주고. 내일 대화 장 보고는 제천이다."

"생원도 제천으로?"

"오래간만에 가 보고 싶어. 동행하려나, 동이?"

나귀가 걷기 시작하였을 때 동이의 채찍은 왼손에 있었다. 오랫동안 아둑시니같이 눈이 어둡던 허 생원도 요번만은 동이의 왼손잡이가 눈에 띄지 않을 수 없었다.

걸음도 해깝고 방울 소리가 밤 벌판에 한층 청청하게 울렸다.

달이 어지간히 기울어졌다.

— 〈모밀꽃 필 무렵〉, 조광 12호, 1936

이효석 **가을**

저 흐뭇한 달 보며
이 메밀꽃길 걸으며

흐드러지게 핀 9월의 메밀꽃

유난히 맑고 높은 가을 하늘이 눈부시다. 봄의 김유정, 여름의 이순원을 만나고 이제 가을의 이효석을 만나러 평창으로 향한다. 계절마다 강원도 작가와 작품을 이야기하며 시간을 함께하는 즐거움은 계절을 더해 가며 짙어진다.

9월이면 하얗게 꽃을 피워 올리는 메밀꽃이기에 9월 중순인 지금 절정을 이루고 있을 것이다. 게다가 음력으로 보름을 살짝 넘긴 오늘 밤 흐뭇한 달빛 아래 숨이 막히게 피어 있을 메밀꽃을 볼 생각만으로도 이미 마음은 한껏 부풀어 오른다.

여름 장이란 애시당초에 글러서, 해는 아직 중천에 있건만 장판은 벌써 쓸쓸하고 더운 햇발이 벌여 놓은 전 휘장 밑으로 등줄기를 훅훅 볶는다.

— 이효석, 〈메밀꽃 필 무렵〉

여름 장이 아닌 가을 수확물이 쏟아져 나오는 요즘, 봉평장에 들어서니 장날과 주말이 겹쳐서인지 사람들을 헤치면서 나아가야 할 정도로 장터가 북적인다. 장터 골목이 연둣빛 간판을 차려입고 외관이 깨끗하게 바뀌어 있다. 세련된 멋과 오래된 정겨움이 함께 느껴진다.

어찌나 예쁘게 단장을 해 놨는지 발길을 잡아끌어 방앗간에도 이불집에도 한 번씩 들어가서 구경을 한다. 알록달록한 천으로 감싸

져 있는 메밀 베개는 첫아이 첫 베개를 떠오르게 하고, 들기름, 참기름 냄새는 친정엄마가 해 준 고소했던 나물 무침을 떠오르게 한다. 깨끗하게 바뀐 매장들을 지나 골목으로 들어서니 강원도의 투박하고 단순한 맛을 느낄 수 있는 메밀전, 메밀전병, 수수부꾸미를 지져 내는 할머니들의 모습이 장터길을 따라 쭉 이어진다. 할머니들의 무심한 손길을 따라 얄팍하게 지져 지는 메밀전은 언제 보아도 신기하다. '강원도 시집살이 햇수는 메밀전 두께로 알 수 있다.'는 말이 생각난다. 부침개들과 어울리는 메밀꽃술 막걸리를 두고 그냥 갈 수는 없다. 비슷비슷한 가게들 중에 가장 맛이 좋아 보이는 곳을 찾아 한 바퀴를 휘 둘러본다. 인심 좋아 보이고 부침에 내공이 있어 보이는 곳을 정해 점심도 먹을 겸 아픈 다리도 쉬어 갈 겸 앉았다. 그리고 얄팍하게 지져 내는 메밀전과 돌돌 말아 부쳐 내는 메밀전병에 막걸리까지 주문한다.

"살짝 날이 흐릴까 걱정을 많이 했는데 참 다행이에요."

"그러게요, 오늘 저녁 8시 전후로 달도 뜬다니 벌써부터 기대가 되네요."

"이 막걸리 정말 시원하고 맛있어요. 우리 메밀전병 좀 더 시킬까요? 수수부꾸미도 먹어 보고 싶어요."

주거니 받거니 막걸리 잔이 오고 간다.

"자, 우리도 이만 접고 충주집으로 한번 가 볼까요?"

메밀전과 메밀전병에 막걸리 두 통을 비우고 아쉬움을 남기며

충주집 앞에서 펼쳐진 시끌벅적 장터 한마당

자리에서 일어난다. 여름 장은 애시당초 글렀다며 장사를 접고 충주
집으로 향하던 허생원을 떠올리며 장터 한가운데에 자리 잡은 충주
집터로 향한다. 충주집터에 이르러 사방을 둘러보니 서로의 운명을
알지 못한 채 충주집을 사이에 두고 작은 소란을 떨며 첫 만남을 가
졌던 허생원과 동이 생각이 절로 난다.

　북적거리는 장터를 조금 벗어나면 매년 9월 평창 효석문화제
가 열리는 가산 공원이 나온다. 널찍하고 깨끗하게 조성된 공원에서
는 다양한 문화 행사와 백일장이 열린다. 지난주까지 평창 효석문화
제로 떠들썩했을 텐데 축제가 끝난 공원은 장터와 다른 한산함이 느

껴져서 가을 운치를 느끼며 걷기에 좋다. 이효석 문학에 대한 설명이 쓰여 있는 비석은 처음 봉평을 찾은 이들에게 길잡이 역할을 한다.

이효석의 소설에는 '장場'이 많이 등장한다. 〈메밀꽃 필 무렵〉에 나오는 봉평장, 대화장, 진부장, 〈산협〉에 등장하는 창말장은 그 시절부터 지금까지 오일장 형태로 이어지고 있다. 이효석이 그의 고향 이야기를 하면서 자신의 가족이나 고향 사람들 이야기가 아니라 장터를 떠도는 장돌뱅이를 소재로 한 것은 작가가 봉평에서 오래 살지 못하고 가족 간 불화로 인하여 서울로, 평양으로 떠돌며 겪었던 깨어지고 흩어진 가족의 표현일 수 있으리라. 또한 계모와의 불화로 인한 고아 의식이 반영된 것일 수도 있겠다. 이런 의식이 〈메밀꽃 필 무렵〉의 동이나 〈산협〉의 증근 같은 가족을 이루지 못하는 인물로 나타난다.

메밀밭에서
봉평을 만나다

달빛 아래 메밀밭도 멋지지만 햇빛 아래 메밀밭도 눈에 담고 싶어 흥정천 쪽으로 발길을 돌린다. 차가 다닐 수 있는 남안교 아래에 돌다리와 섶다리가 운치 있게 놓여 있다. 남안교 교각에는 〈메밀꽃 필 무렵〉의 장면들을 그림으로 펼쳐 놓았다. 소설 속 내용을 그

림으로 한눈에 볼 수 있게 해
놓아서 보는 맛이 있다. 돌다
리를 디디며 건너다가 섶다리
쪽으로 방향을 틀어 메밀꽃이
한창인 꽃밭으로 들어선다.

당나귀를 타고 거니는 메밀밭

　　이효석이 〈메밀꽃 필 무
렵〉을 쓸 무렵인 1936년에도
이미 봉평은 메밀꽃이 소금을 뿌려 놓은 듯한 모습이었을 것이다. 지
금도 봉평은 들어서자마자 보이는 곳마다 온통 메밀밭이다. 메밀은
서늘하고 습한 기후와 메마른 토양에서 잘 자라며, 병충해 피해도 적
은 편이다. 파종에서 수확까지 60일 남짓의 짧은 생장 기간으로 인하
여 산간 지방에서 구황 작물로 많이 재배되었다. 이런 이유로 벼농
사가 어려운 강원도 산골인 봉평에서 메밀이 많이 재배되어 온 듯하
다. 해마다 늘어나는 메밀밭에 놀라면서 봉평은 이제 자투리 땅 한
평만 생겨도 메밀밭을 조성하는구나 싶다. 이효석과 〈메밀꽃 필 무
렵〉이라는 작품이 봉평이라고 하는 강원도 자그마한 면을 변화시키
는 것을 보면 새삼 문학의 힘이 얼마나 강한지 알 수 있다. 해마다
많은 사람들이 봉평을 찾아오는 까닭은 〈메밀꽃 필 무렵〉을 인상 깊
게 읽고 작품 속 정서를 느끼고 싶어서일 것이다. 봉평을 직접 보고
난 후 작품도 더 깊게 이해하고, 이효석이라는 사람에 대해서 더 잘
알 수 있도록 지역에서는 매년 새로운 변화를 시도하고 있다.

"객줏집 토방이란 무더워서 잠이 들어야지. 밤중은 돼서 혼자 일어나 개울가에 목욕하러 나갔지. 봉평은 지금이나 그제나 마찬가지나 보이는 곳마다 모밀밭이어서 개울가가 어디 없이 하얀 꽃이야. 돌밭에 벗어도 좋을 것을, 달이 너무도 밝은 까닭에 옷을 벗으러 물방앗간으로 들어가지 않았나. 이상한 일도 많지. 거기서 난데없는 성서방네 처녀와 마주쳤단 말이네. 봉평서야 제일가는 일색이었지."

(중략)

"첫날밤이 마지막 밤이었지. 그때부터 봉평이 마음에 든 것이 반평생을 두고 다니게 되었네. 평생인들 잊을 수 있겠나."

— 이효석, 〈메밀꽃 필 무렵〉

메밀밭이 좌우로 넓게 펼쳐져 있고 그 중간쯤에 허생원과 성서방네 처녀가 하룻밤 사랑을 나눈 물방앗간이 있다. 흥정천에 목욕하러 나왔다가 근처 물방앗간에서 느닷없는 평생의 하루를 보냈던 허생원의 마음이 되어 물방앗간을 살펴본다. 허생원과 성서방네 처녀로 짐작되는, 60~70년대 영화 포스터 같은 거친 그림 속의 여자와 남자가 얼굴이 뚫린 채로 우리를 불쑥 맞이한다. 뚫린 남자의 얼굴과 여자의 얼굴에 함께 온 사람이 대신 얼굴을 들이밀고 그 시절 허생원과 성서방네 처녀의 느낌을 살려 보라는 의도인 것 같다. 재미

삼아 얼굴을 들이밀고 쑥스러운 웃음을 지어 본다. 허생원이 성서방 네 처녀에 대한 마음을 간직하고 평생 봉평장을 드나드는 이유가 살짝 가슴을 아리게 한다. 그 시대 순정한 사내의 마음을 엿본 듯하다. 지금도 물레방아는 힘차게 돌아가고 있다.

물방앗간에서 나와 드디어 넓게 펼쳐진 메밀밭으로 나선다. 하얗게 가는 몸을 떨고 있는 메밀꽃이 '호호호호.' 웃으며 맞이하는 듯하다. 여기저기서 포즈를 취하며 사진을 찍는다. 꽃보다 예쁠 수는 없겠지만 마치 꽃인 양, 꽃과 어우러져 본다. 길따라 메밀따라 걷는다. 끝도 없이 걷고 싶어진다. 그러면서 추억도 지나가고, 기억도 지나가고, 관계들도 지나가겠지. 나의 마음을 짓눌렀던 생각들을 잠시 내려놓고 순백의 메밀꽃에 묻히고 싶다. 피고 지는 때를 저절로 아는 자연을 닮고 싶다.

이효석 문학관에서
효석을 이해하다

차를 다시 타고 물방앗간과 조금 떨어져 있는 이효석 문학관으로 향한다. 정갈하게 잘 꾸며진 이효석 문학관은 갈 때마다 조금씩 변화한다. 그만큼 찾는 사람이 많다는 의미일 거다. 전시실에 들어가서 이효석의 생애와 작품 세계를 살펴본다. 1930년대 후반 평양집

거실에서 찍은 사진을 근거로 재현되었다는 작가의 창작실이 눈에 들어온다. 그 모습이 조금은 낯설다. 1930년대면 일제강점기 때이고 모두가 가난한 시절이 아니었던가. 그런데 사진에는 당시 일반인들은 그 의미도 알지 못했을 'Merry (X)-mas'라고 영문으로 쓴 장식판이 거실에 걸려 있고, 이름 모를 여배우의 사진과 피아노, 축음기 등 고가의 물건들이 갖추어져 있다. 이효석이 경성제국대학 영문학과를 다녔기 때문일까? 이 한 장의 사진만으로도 이효석의 취향을 엿볼 수 있을 뿐더러 그의 문학적, 정신적 지향과 서구적인 세계관을 알 수 있다. 실제로 작가는 피아노를 잘 치고 영화와 축음기, 음악에 열광적인 애호가였다고 한다. 그의 이러한 취향이 작품에 반영되어 모더니즘적 세련성, 낭만적 심미주의 경향을 보여 주는 것이리라 추측해 본다.

> 반평생을 같이 지내 온 짐승이었다. 같은 주막에서 잠자고, 같은 달빛에 젖으면서 장에서 장으로 걸어 다니는 동안에 이십 년의 세월이 사람과 짐승을 함께 늙게 하였다. 가스러진 목 뒤 털은 주인의 머리털과도 같이 바스러지고 개진개진 젖은 눈은 주인의 눈과 같이 눈곱을 흘렸다.
>
> ― 이효석, 〈메밀꽃 필 무렵〉

메밀꽃과 함께 봉평에서 흔하게 볼 수 있는 것이 당나귀이다.

충주집터, 물방앗간, 가산공원, 효석 문학관 등 곳곳에서 당나귀 조형물을 만날 수 있다. 가는 곳마다 만나는 당나귀를 보면서 허생원과 당나귀의 관계에 대해 진지하게 생각해 본다. 허생원과 함께 장을 돌아다니면서 '늙어 버려 가스러진 목 뒤 털과 눈곱 낀 젖은 눈'의 당나귀는 지금 당나귀와 마찬가지로 나이 든 허생원 자신의 모습이고, '늙은 주제에 암샘을 내'는 당나귀는 충주집을 찾아가 동이와 충주집을 사이에 두고 다툼을 벌이는 허생원 행위와 같다는 공통점들이 발견된다. 이렇게 당나귀와 허생원 사이는 정서적으로 닿아 있음을 알 수 있다. 아마도 이런 이유 때문에 주인공 허생원과 동일한 의미로 당나귀가 조형물과 기념품 등에 두루 쓰이는 듯하다. 효석 문학관 안에 자리한 '동' 카페로 들어선다. '동' 카페는 이효석이 수

동이와 허생원의 첫 만남, 충주집터

필 〈고요한 '동'의 밤〉을 쓸 정도로 자주 다녔던 함경북도에 위치한 러시아와 가까운 국경 도시인 나남에 있던 차점 '동'에서 가져온 이름이다.

이것이 또한 나에게는 중하고 귀한 곳이었다.

그곳을 바라고 나는 거의 일요일마다 10리의 길을 걸었다. 공원 옆 모룽이에 서 있는 조촐한 한 채의 집-그것이 고요한 "동"- 마차와 함께 거리의 그윽한 것의 하나였다. 붉은 칠이 벗겨진 "DON"의 글자가 밤에는 푸른 등불 밑에 길게 묻혀 버린다. 나는 이 이름의 유래를 모르나 아름다운 이름으로 기억하게 되었다. …… "동"은 그때의 나에게 이 향기를 준 곳이었다. 고요한 곳에서 그 향기를 찾으려고 나는 10리의 발길을 앞두고 눈 오는 밤을 그 속에서 지새우는 것이다.

— 이효석, 〈고요한 '동'의 밤〉

낙엽 타는 냄새같이 좋은 것이 있을까? 갓 볶아 낸 커피의 냄새가 난다…… 백화점 아래층에서 커피의 알을 찧어 가지고는 그대로 가방 속에 넣어 가지고, 전차 속에서 진한 향기를 맡으면서 집으로 돌아온다. 그러는 내 모양을 어린애답다고 생각하면서, 그 생각을 또 즐기면서 이것이 생활이라

햇살 내리쬐는 이효석문학관

고 느끼는 것이다.

— 이효석, 〈낙엽을 태우면서〉

이효석에게는 '동' 카페와 커피가 그 시절을 견디게 해 준, 문학의 세계를 더욱 깊고 넓게 해 준 장소이고 사물 중의 하나일 것이리라. 이효석을 생각하며 향기로운 커피를 주문하고 기념품을 둘러본다. 고심 끝에 당나귀가 새겨진 책갈피와 〈메밀꽃 필 무렵〉 문장이 새겨져 있는 에코백을 골라 들고 흐뭇한 마음으로 다음 행선지로 발길을 옮긴다. 하늘에는 뭉게구름과 새털구름이 흘러가고 있다. 이효석문학관 최고의 포토존인 '이효석 선생님과 함께'가 마련되어 있어 그 옆에서 사진을 찍는다. 올 때마다 그냥 지나칠 수가 없다.

봉평에는 '이효석 생가터'가 있고, '이효석 복원 생가'가 있다. 생가터는 이효석이 태어나 13세까지 유년 시절을 보낸 곳이지만 현재는 다른 이의 사유지가 되었다. 그래도 여전히 봉평에 들르는 사람들은 이효석 생가터를 빼놓지 않는다. 이효석에게 고향은 어떤 의미일까? 이효석의 수필 〈영서의 기억〉을 보면 고향에 대한 그의 생각을 알 수 있다.

> 고향의 정경이 일상 때 마음에 떠오르는 법 없고 고향의 생각이 자별스럽게 마음을 녹여 준 적도 드물었다. 그러므로 고향 없는 이방인 같은 느낌이 때때로 서글프게 뼈를 에이는 적이 있었다.
>
> — 이효석, 〈영서의 기억〉

고향에서 산 시절이 너무도 짧았던 탓이었을까? 이효석은 어릴 때 어머니와 사별하고 계모가 들어오면서 가족 사이에 불화가 생겨, 고향 집에 발길을 끊다시피 하였다. 그렇게 생겨난 고향에 대한 상실감을 이효석은 이렇게 단호하게 표현하고 있다. 하지만 이런 상실감이 오히려 고향에 대한 절실함을 만들었는지 그는 '영서 3부작'이라고 불리는 〈메밀꽃 필 무렵〉, 〈개살구〉, 〈산협〉을 썼다. 〈산협〉에

164 　

서는 지금의 진부나 봉평 지역에서만 사용하는 독특한 단어들을 만날 수 있다. 그가 고향을 버리지 못하고 있으며, 무의식 속에 그리워하고 있음을 잘 나타내 주는 작품이다. 〈산협〉은 이효석이 자신의 가장 깊은 곳의 기억을 상상력을 발휘하여 재구성한 작품이라고 볼 수 있다. '핏줄, 땅, 제사, 집' 등을 소설의 주제로 본다면 이런 짐작은 더욱 들어맞는다. 조부가 함경도 함흥에서 강원도 영서 일대로 이주하여 정착한 이효석 일가와 소설 속 공제도의 집안이 일가를 이룬 이야기는 서로 통한다.

> 족보 한 권만은 신주같이 위해 가지고 있었던…… 한번 일군 가산은 좀해 흔들리지 않아서 두 아들을 낳고 이 고을에서의 삼 대째 재도의 대에 이르게 되매 집안은 더욱 굳어졌다.
>
> — 이효석, 〈산협〉

소설 속 이 구절은 지금은 사유지가 되어 다른 사람이 살고 있는 이효석의 생가를 더욱 안타깝게 보게 하고, 생가터 바로 옆에서 성업 중인 메밀막국수집이 서글픔까지 얹어 준다. 사정이 이렇다 보니 평창군에서는 봉평 지역 원로들의 고증을 통해 이효석의 생가를 복원해 놓았다. 복원해 놓은 생가는 초가를 얹어 이효석이 살던 모습 그대로를 재현해 놓았다. 하지만 복원 생가를 둘러보면서도 생가터를 찾지 못하고 이렇게 따로 복원해 놓은 모습에 쓸쓸함이 남는다. 이효석 문학관 근처에 자리 잡고 있는 복원 생가 옆에는 이효석이 1930년부터 1940년까지 살았던 평양 '푸른 집'도 함께 복원해 놓았다. 빨간 벽돌을 쌓아 만들고 기와를 얹어 만든 푸른 집은 지금 당장 살고 싶어서 지었다 해도 믿을 정도로 현대의 멋을 갖춘 아름다운 건축물로 보인다. 빨간 벽돌로 지은 집을 '푸른 집'이라 부르는 이유는 담쟁이덩굴 때문이다. 담쟁이덩굴이 벽을 감고 올라가면서 담장이 온통 푸른 잎으로 뒤덮이는데 이 모습을 보고 '푸른 집'이라 불렀던 모양이다. 가을로 접어들어 푸른 담쟁이가 붉게 변해 가고 있는 '푸른 집' 안에는 이효석 문학관에 재현해 놓은 거실이 있다. 그 안에서 이효석은 〈메밀꽃 필 무렵〉을 비롯한 많은 작품을 쓰고, 피아노를 치고, 축음기로 음악을 듣고, 영화를 보았을 것이다. '푸른 집' 앞에 아기자기하게 꾸며 놓은 당나귀 모양의 의자에 앉아 사진을 찍어 본다. 주인 없는 집에서 주인인 듯 뜰을 거닐고, 집 앞에 놓인 그림처럼 펼쳐진 메밀밭에 한껏 마음을 빼앗기며 잠시 시간을 보낸다.

"옛 처녀나 만나면 같이나 살까……, 난 거꾸러질 때까지 이 길 걷고 저 달 볼 테야."

— 이효석, 〈메밀꽃 필 무렵〉

가고 싶은 길 강원도 문학기행 봄·여름·가을·겨울

달빛 아래서 메밀꽃과 효석과
봉평이 하나가 되다

어느새 달이 떠오른다. 다시 메밀밭 길로 발길을 돌린다. 낮에 보았던 축제 포토존이 아닌 맞은편 메밀밭으로 들어선다. '산허리는 온통 메밀밭이어서 피기 시작한 꽃이 소금을 뿌린 듯이 흐뭇한 달빛에 숨이 막힐 지경'이라고 표현한 이효석의 마음으로 꽃을 본다. 하얀 꽃을 달고 작은 바람에도 가는 허리를 흔드는 메밀을 하염없이 바라본다. 저 멀리 높은 달을 향해 또 다른 달들이 둥실둥실 떠오른다. 하늘로 오르고 있는 저것은 허생원의 순정인가, 동이의 순박함

달빛 머금고 흐뭇한 메밀꽃

인가. 밤 메밀꽃을 보러 나온 이들이 저마다의 소망을 담아 하늘로 둥실 풍등을 날린다. 풍등은 또 다른 달의 모습으로 변하고 있다. 여기저기 메밀밭으로 수없이 많은 달들이 떠오르며 가을밤의 애수를 자아낸다.

"조금 더 뒤로 가 봐. 뒤로 돌아봐. 팔 벌리고."

이런저런 주문을 한다. 그 주문에 몸을 맞춘다. 사랑스런 웃음을 담아 셔터를 눌러 댄다. 함께, 그리고 홀로 추억을 찍는다. 봉평의 가을밤이 깊어 간다. 봉평은 1박 2일 여행이 필요하다. 낮에 보는 메밀꽃과 달빛 아래 메밀꽃, 같지만 다른 두 모습을 다 보지 않고서는 봉평을 다 보았다고, 메밀꽃을 다 안다고 말할 수 없기 때문이다.

다음 날 아침을 먹고 이효석 문학의 숲을 찾아간다. 이곳은 이효석 탄생 100주기를 맞이하여 그의 대표작 〈메밀꽃 필 무렵〉을 숲에 담아 놓은 곳이다. 문학의 숲에 들어서니 '소설 속으로'라고 커다랗게 쓰인 바위가 눈길을 끈다. 그리고 정말로 길을 걷는 내내 소설 한 편을 읽는 느낌이 든다. 허생원과 동이와 당나귀와 함께 그 시절 그 길을 걷는 듯하다. 앞서 가는 허생원과 동이와 당나귀, 때론 뒤쫓아 오는 허생원과 동이와 당나귀. 그들과 소설 속 문장들을 나누며 문학의 숲을 거닌다. 물에 빠진 허생원과 이를 일으켜 주는 동이의 모습을 보면서 서로의 얽힌 인연을 알지 못한 채 길을 걷고 있는 두 사람에 대한 애잔한 마음이 일어난다. 비교적 최근에 조성된 문학의 숲은 기대했던 것보다 더 좋다. 과하지 않은 느낌이 들어 편안하다.

〈메밀꽃 필 무렵〉을 만나러 들어서는 문학의 숲

책을 읽지 않고 온 이들도 길따라 만들어진 작품 속 장터, 샘터, 충
주집, 물레방앗간, 메밀밭을 보고 그 앞에 쓰인 글을 읽노라면 어느
새 〈메밀꽃 필 무렵〉에 푹 빠져 있는 자신을 발견하게 될 것이다.

　　마지막 여정으로 허생원과 동이가 오가던 장돌뱅이 길을 정비
한 '효석 문학 100리 길'을 찾아 나섰다. 모두 5코스로 조성되어 있
는 길 중 1코스 문학의 길을 따라 잠시 걸으며 팔석정에서 쉼을 했
다. 시간이 된다면 장과 장을 오가며 장돌뱅이들이 걸었던 이 길을
끝까지 걸어 보고 싶다.

　　메밀꽃 필 무렵이 되면 이효석은 아마도 고향 봉평 생각이 났

을 것이다. 어린 시절 보았던 그곳의 메밀꽃이 그에게는 고향의 상징이었을지도 모른다. 여러 가지 불화로 떠난 고향이고 서울과 평양에서 살다 생을 마감했지만, 100년이 지난 지금까지 고향에 살 수 있게 작가를 다시 불러낸 메밀꽃! 그 길에서 만난 이효석! 디디는 곳마다 이효석이 아닌 곳이 없는 곳! 남안교 다리 위에 걸려 있던 사랑의 문장 중 카렌 선드의 '사랑하는 것은 살짝 천국을 엿보는 것이다.' 라는 구절이 떠오른다. 함께하는 내내 웃음이 입가에서 떠나지 않았던 이 순간이 바로 천국에서의 이틀은 아니었을까? 여러 번 왔던 봉평의 모습 중 가장 기억에 남는, 가장 행복한, 가장 아름다운 날이었다.

글. 이현애

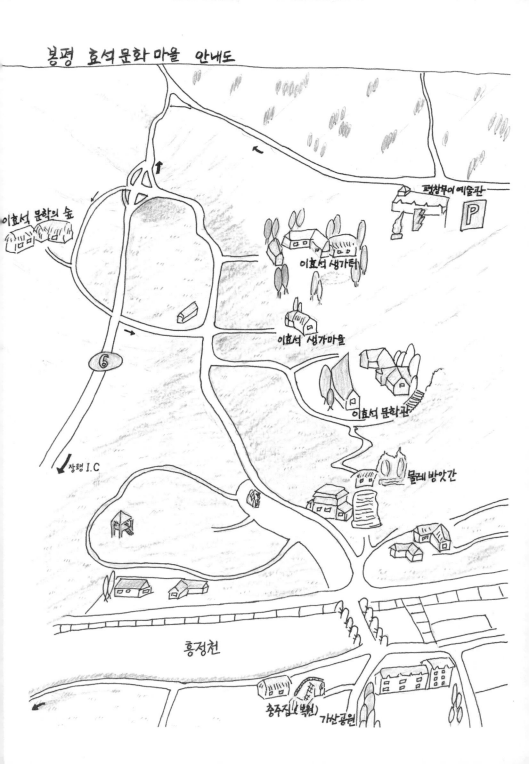

봉평 효석문화마을 안내도

평창무이 예술관
P

이효석 문학의 숲

이효석 생가터

이효석 생가마을

이효석 문화관

장평 I.C

물레 방앗간

홍정천

충주집(박원) 가산공원

손바닥 여행 정보

평창효석문화제 '문학공감프로젝트'
이효석 작가 기일인 5월 25일을 전후해 이효석문학관,
효석달빛언덕, 봉평전통시장 일원에서 문학공감프로
젝트를 개최한다.
전국효석사생대회, 이효석작품 낭독대회, 전국효석
백일장, 가산 이효석 추모식, 이효석 바로알기 퀴즈
대회, 학생 독서동아리의 날, 〈메밀꽃 필 무렵〉 상황
극, 문학콘서트 등 다채로운 프로그램이 진행된다.

평창효석문화제 '소설처럼 아름다운 메밀꽃'

메밀꽃이 소금을 뿌린 듯이 피어나는 9월 첫째 주말부터 둘째 주말까지(9일간) 효석문화마을 일원에서 열린다.
전통마당에서 지역먹거리촌, 메밀꽃 마당극, 소설 속 인물 체험, 전통민속놀이 등이 열리고, 문학마당에서는 한책 읽기, 〈메밀꽃 필 무렵〉 영화 상영, 거리백일장, 문학 강의, 문학 산책, 이효석 문학 세계 영상물전 등이 열리고, 자연마당에서는 메밀꽃 열차 여행, 섶다리 건너기, 소중한 사람에게 엽서 쓰기, 빛 그리다, 작은 음악회 등의 프로그램이 진행된다.

작가 이효석에 대하여

강원도 평창 출신의 소설가이다. 1928년 《조선지광》에 〈도시와 유령〉을 발표하면서 문단에 데뷔하였고, 1933년부터 '구인회' 회원으로 활동하였다. 한국 단편문학의 빼어난 작품으로 손꼽히는 〈메밀꽃 필 무렵〉을 썼고, 장편 〈화분〉 등을 발표하여 성 본능과 개방을 추구한 새로운 작품 경향으로 주목을 끌기도 하였다.

겨울

동행

1963, 전상국 作

동행

전상국

발목까지 빠져드는 눈길을 두 사내가 터벌터벌 걷고 있었다. 우중충 흐린 하늘은 곧 눈발이라도 세울 듯, 이제 한창 밝을 정월 보름달이 시세를 잃고 있는 밤이었다.

앞서서 걷고 있는 사내는 작은 키에 다부져 보이는 체구였지만 그 걸음걸이가 어딘지 모르게 허전허전해 보였다.

이 사내로부터 두서너 걸음 뒤져 걷고 있는 사내는 멀쑥한 키에 언뜻 보아 맺힌 데 없다는 인상을 주면서도 앞선 쪽에 비해 그 걸음걸이는 한결 정확했다.

큰 키의 사내가 중절모를 눌러 쓰고 밤색 오바에 푹 싸이다시피 방한에 빈틈이 없어 보이는가 하면 키 작은 사내는 희끔한 와이셔츠 위에 다만 양복 하나를 걸쳤을 뿐, 그 차림새가 퍽도 을씨년스러워 보였다. 그 양복이라는 것도 윗도리의 품이 좁디좁고 길이도 깡뚱한 반면 아랫바지는 헐렁하게 크기만 해 걷어 올린 바짓가랑이에 눈이 녹아 붙어 걸음을 옮길 적마다 서걱거렸다. 그 작은 키에 어깨를 잔뜩 좁혀, 을씨년스럽고 초라한 모습이었다.

"정말 이렇게 동행을 얻어 다행입니다."

큰 키의 사내가 깡깡하면서도 어딘가 여유를 둔 나지막한 목소리로 말했다.

"예, 밤길을 혼자 걷기란 맹했죠. 더욱이 이런 산골 눈길은……."

하고, 앞서 걷던 작은 키의 사내가 어떤 생각으로부터 후다닥 벗어나기라도 한 듯 생경한 목소리로 받았다.

그리고 곧 자기 쪽에서 말을 건네왔다.

"참, 선생은 춘천에서 오신다기에 말씀입니다만, 혹시 어제 근화동에서 살인 사건이 생긴 걸 아시우?"

그러자 큰 키의 사내는 흠칫 몸을 추슬렀다가 좀 사이를 두어,

"살-인이라면…… 아, 네! 알구말구요. 사실 전 우연한 기회로 현장까지 봤읍니다만……."

하고, 조심스레 말끝을 흐렸다.

그러자 키 작은 사내가 주춤 멈춰서서 다그치듯,

"허, 현장엘? 그래요? 그 술집엘 선생이 가 보셨다구……?"

다시 몇 걸음 떼어 놓다가 말을 이었다.

"근데, 거-말입니다. 그 살인범을 경찰에선 쉬 잡아낼 수 있겠읍디까? 뭐, 단서같은 거라두……."

그러자, 큰 키의 사내는 잠깐 머뭇거리다, 글쎄요, 그건 잘 모르겠군요 — 중얼거리듯 잘라놓곤 이어,

"그런데 노형은 아까 원주에서 오신다고 하신 듯한데 어떻게 벌써 그 사건을 그렇게…… 역시 소문이란……."

그냥 흘려 넘기는 투였다.

그러나 이때 키 작은 사내가 주춤 멈춰 서며,

"아아니 선생, 이거 왜 이러슈. 그래, 내가 언제 원주에서 온다고 했단 말이유?"

무턱대고 시비조였다.

"아, 그러십니까? 제가 그만……."

그제야 멈춰 섰던 사내가 다시 걸음을 옮겨 놓기 시작했다. 큰 키의 사내도 어깨를 한번 으쓱 추키곤 앞선 쪽의 뒤를 부지런히 따라붙었다.

그렇게 상당한 거리를 서로 한마디의 대화도 없이 눈길을 터벌터벌 걷던 그들이 문득 고개를 쳐들었을 때, 그들 시야에 꽤 넓은 평지를 사이에 두고 좀 멀찍이 놓인 산마루가 희미하게 윤곽을 드러냈다.

작은 키의 사내가 걸음을 멈추고 엉거주춤한 자세로 질금질금 소변을 보기 시작했다. 이때 큰 키의 사내는 바짓가랑이와 오바자락에 엉겨 붙은 눈을 털어 내다가 불쑥,

"저 재 너머가 바루 와야리겠읍니다그려?"

무슨 변명이라도 하듯, 초행이라 놔서…… 했다.

그러나 키 작은 쪽은 대꾸도 없이 바지 단추를 더듬거려 채우다간,

"가만 있자…… 이 길루 내쳐 가면 엔간히 돌 게구……."

곧 뒷사내를 향해,

"선생, 우리 일루 질러 갑시다."

그런 다음 이쪽 대답은 아랑곳없다는 듯 지금 그들이 걸어온 한길을 벗어나 도무지 길이 있을 것같지 않은, 그냥 눈 덮인 밭으로 터벌터벌 걸어 들어가고 있었다.

"질러가는 겁니까? 허지만 이 눈에 저 고갤…… 좀 돌더라두……."

언제나 말미를 흐리곤 하는 큰 키의 사내가 아직 한길에서 내려서지도 않은 채 머뭇댔다.

"맘대루 허슈, 난 일루 가겠수다."

뒤도 돌아보지 않은 채 작은 키의 사내는 터벌터벌 발목까지 빠져드는 흰 눈밭을 걸어나갔다.

그러자 큰 키의 사내는 퍽 난처하다는 듯 한동안 망설이다가,

"여보시오, 노형, 나 잠깐!"

그러나 키 작은 사내는 뒤도 돌아보지 않았다.

큰 키의 사내는 무슨 결심이라도 한 듯 어깨를 한번 으쓱 추켜 올리곤 한길에서 내려서 앞서 간 쪽의 발자국을 조심스레 되밟아 나갔다.

앞서 가던 쪽이 밭두렁에서 발을 헛디뎌 앞으로 넘어졌다. 그러나 곧바로 몸을 세워 옷에 묻은 눈을 털 생각도 않고 그냥 걷고만 있었다. 그렇게 키 작은 쪽이 허청거릴 적마다 큰 키의 사내는 오바주머니에서 가죽 장갑 낀 손을 빼어 줄타기하듯 조심스레 발을 옮기곤 했다.

바짓가랑이에 붙은 눈을 열심히 털면서.

그들이 지금 가로지른 평지가 끝난 바로 앞에 하천이 하나 가로 놓여 있었다.

"여길 건너야 할 텐데⋯⋯."

작은 키의 사내가 벌써 아래로 내려서면서 중얼거렸다. 언뜻 보기에 거기 개울이 있다고 보기엔 어려웠다. 다만 잘잘거리는 물소리 듣고야 바로 앞에 막아선 산 기슭을 타고 개울이 흐르고 있다는 걸 짐작할 수밖에 없었던 것이다.

"얼음이 잘 얼었을까요? 물이 많진 않을 것 같습니다만⋯⋯."

큰 키의 사내가 조심스레 개울로 내려서며 말했지만 역시 앞선 쪽은 대답이 없었다.

온통 눈으로 덮인 개울은 처음엔 자갈이 밟혔다. 좀 더 들어서자 덧물이 흘렀다가 언 층이 발닿는 곳마다 부적부적 소릴 냈다. 큰 키의 사내는 언제나 앞선 쪽의 발자국을 되디디며 그것도 못 미더운지 몇 번씩 발을 굴러 보곤 했다.

이때 앞서 걷던 사내가 뒤로 돌아서며, 여긴 안 되겠수다 — 중얼거리는 거와 동시에 그의 한 쪽 발이 뿌지직 얼음을 깨뜨렸다. 그러자 사내는 다시 몸을 돌려 꺼져드는 얼음 위를 철벅철벅 걸어가며,

"어어 물 차다!"

꺼져 버린 얼음 조각들이 흐르는 물에 처르르 — 씻겨 내리고 있었다. 눈 덮여 희던 개울 바닥이 그가 걸어 나간 뒤를 좇아 차츰차츰 검은 빛으로 번져 나갔다.

그렇게 찬물 속을 철벅거리며 개울을 다 건넌 사내는 이쪽에서 아직 어쩌지 못해 서성거리고 있는 큰 키의 사내를 향해 소리치는 것이었다.

"제엔장, 일룬 안 되겠수다. 여긴 여울이라 봐서……."

키 작은 사내는 산기슭을 타고 개울 상류로 거슬러 오르고 있었다. 이쪽 사내는 안절부절못하는 몸짓으로 역시 같은 방향으로 거슬러 오르며 눈은 항시 건너편 사내에게서 뗄 줄 몰랐다.

그렇게 얼마쯤 허둥대고 걷다가 큰 키의 사내는 무턱대고 개울로 들어섰다. 다행히 여울이 아닌 모양이어서 쉽게 건널 수 있었

다. 그러나 키 작은 사내는 이쪽에 눈 한번 주는 법 없이 서벅서벅 제 발길만 옮기고 있었다. 큰 키의 사내는 꽤 허덕댄 다음에야 앞선 쪽을 따라갈 수 있었다.

역시 앞 사내의 발자국을 되밟으며 따라 걷던 큰 키의 사내는 힉 — 한번 혼자 웃었다. 앞 사내의 바지가 정강이까지 온통 물에 젖어 있어 차츰 얼어들고 있는 것이었다.

"노형, 그거 그렇게 젖어서 어떻게 합니까? 진작 이 위로 건너실걸……."

"제에기랄, 누가 아니래우. 근데 옷은 이렇게 벌써 뻐쩍 얼어드는데 이놈의 발이 통 안 시렵다니……."

잠시 사이를 두었다간,

"그래, 꼭 그날 밤도 이랬지! 제기랄……."

신음하듯 중얼댔다. 그러자 큰 키의 사내가, 그날 밤이라뇨……? 하고 불쑥 물었다. 그러나 앞선 사내는 대꾸없이 개울 상류를 향해 자꾸 치오르며 옆 산비탈을 올려다보곤 했다.

금세 눈이 내릴 듯 우중충 흐린 밤이었지만 날은 퍽 차가웠다.

드디어 키 작은 사내의 바짓가랑이가 데거덕거리기 시작했다.

그렇게 자꾸 산비탈을 훔쳐보며 개울 기슭을 따라 걷던 작은 키의 사내가 다시 주춤 멈춰 섰다.

"하, 이거 아무래도 잘못 잡았지……."

그러면서 사방을 두리번거렸다.

"눈에 홀린다더니, 정말 눈길을 걷기란 힘이 듭니다 그려."

오바자락의 눈을 털면서 큰 키의 사내가 말했다.

"선생한텐 정말 미안하우. 제에기랄, 이놈의 델 와 본 지도 꽤 오래 돼 놔서……."

"그럼 여기가 고향……?"

그러나 키 작은 사내는 이쪽 말은 염두에도 없다는 듯 제 궁리에 잠겼다가,

"에라, 내친 김에 좀더 올라가 볼 수밖에……."

하고, 다시 데걱거리며 걷기 시작했다.

그렇게 한참을 걸었다. 그러나 앞선 쪽의 사내는 다시 걸음을 멈추며 속으로 가만히 한숨을 몰아쉬는 것이었다. 이때 함께 멈춰 발을 탁탁 구르며 주위를 두리번대던 큰 키의 사내가 한쪽을 가리켜 보였다.

산을 끼고 흐르던 개울이 점차 산비탈과 그 거리를 벌리면서 그 중간쯤에 집 한 채가 오뚝 — 눈에 띄었다. 누가 먼저 말을 낸 것도 아닌데 그들은 그쪽으로 발을 옮기고 있었다.

집앞의 길은 꽤 넓게 눈이 쓸려 있었다. 눈이 쓸리고 거뭇거뭇 드러난 맨땅에 이르러 그들은 옷에 묻은 눈을 털었다. 키 작은 쪽의 바짓가랑이는 달라붙은 눈덩이와 함께 데걱데걱 얼어 있었다.

키 작은 사내가 사립문 앞으로 다가갔다.

이때 허리를 굽히고 열심히 눈을 털던 큰 키의 사내가 쿳쿳 —

기침을 하기 시작했다. 꽤 밭은, 그리고 사뭇 어깨를 움츠린 채였다. 기침이 멎자 그는 눈 위에 무엇인가 뱉었다. 짙은 자국이 눈 위에 드러났다. 발로 즉시 그 자국을 뭉개 버렸다. 그리고 손수건을 꺼내어 거기에 무엇인가 또 뱉었다. 그 손수건을 유심히 들여다본 다음 다시 입 언저리를 말끔히 닦았다.

"많이 변했군. 이런 데 집이 다 있구. 헌데 이눔의 집은 초저녁부터 자빠져 자는 건가?"

키 작은 사내가 사립문 위로 고개를 세워 들고 안을 기웃거리다가 언성을 높여,

"여보시우, 쥔장! 거 말 좀 물어봅시다."

그러나 안에선 기척이 없었다.

제엔장, 눈까지 친 걸 보면 빈 집이 아닌 건 분명한데 하고, 키 작은 사내가 사립문을 마구 흔들어 대기 시작했다. 사립문에 달린 깡통이 쩔렁쩔렁 울렸다.

그러기를 한참, 드디어 안에서 두런거리는 소리가 들리는가 싶더니,

"거, 누구요? 첫잠에 그만 푹 빠져서……."

하는 남자의 목소리.

그러나 키 작은 사내는 자꾸 사립문만 흔들어 댔다.

그제야 방문이 삐끔 — 열리며,

"뉘세유?"

이번엔 여자였다.

"거 말 좀 물어봅시다. 구듬치고개가 어디쯤 되우?"

그러자 빼끔히 열린 문 사이로 남자의 목소리가 새어 나왔다.

"거 누군지 구듬치고갤 찾는 걸 보니 와야릴 가는가 본데, 에이 여보슈, 길을 영 잘못 잡았수다. 좀 돌더라두 큰길로 갈 것이지, 거 미욱하게시리 이 눈길에 구듬칠 넘다니!"

쯧쯧, 혀까지 차고 있었다.

작은 키의 사내가 그 말에 응수라도 하듯 세차게 사립문을 흔들어대며,

"아니 여보, 누가 얼루 가든 이거 왜 이래? 거 주인 좀 이리 나오슈!"

사뭇 깡깡한 시비조였다.

"에이그 손님, 참으세유. 우리 으른은 몸이 불편해서 못 나오세유. 구듬치고갤 넘으실려구 허세유? 그럼 저 앞에 개울을 따라서 한참 내려가셔야 해유."

"알았수다. 실은 나두 와야리 사람이유. 댁에선 여기 산 지가 얼마 됐는지 모르겠소만 혹시 최억구라구 아시겠수? 바루 내가 최억구란 말이유……."

언 바짓가랑이를 데격거리며 몸을 돌리던 키 작은 사내가 말했다.

방문을 열고 섰던 아낙네가, 최억구유? 최억구…… 하고 중얼거렸다.

그러자 갑자기 놀란 남자의 목소리가 방 안으로부터 튕겨 나왔다.

"엥? 최억구라구? 분명 억구랬다! 아아니, 그런데 그 사람이 정신이 있나? 와야릴 제발루……."

그러나 최억구라구 씹어뱉듯 이름을 밝힌 키 작은 사내는 방 안에서 굴러나오는 소리엔 아랑곳 없다는 듯, 흥, 콧바람을 날리며,

"선생, 가십시다. 제기랄, 좀 서 있으려니 발이 비쩍 얼어 드는군……."

심한 기침을 끝내고 아직 말 한마디 없이 서 있던 큰 키의 사내가 입을 열었다.

"노형, 발이 그렇게 얼어선 안 됩니다. 예서 좀 녹여 가지구 가십시다."

그러나 최억구는 이미 저만큼 앞서 걸으며 혼잣말 하듯, 얼어서 안 될 것도 별루 없수다 — 했다.

그 기세에 머쓱해진 큰 키의 사내 역시 그냥 덤덤히 키 작은 사내를 따라 나섰다.

두 사내는 조금 전 자기들이 밟고 올라온 눈길을 되밟으며 개울의 흐름을 따라 산비탈을 끼고 내려갔다.

"이거 정말 안됐수! 거 아까 선생 말대루 큰길루 가야 하는 건데, 선생 고생이 말이 아니외다."

아까와는 달리 푹 누그러진 음성으로 애길 시작한 억구는 이어,

"우습지만, 선생이 와야릴 우째 가는지 여쭤 보지두 못했네유.

그래, 하필 이 설한에 춘천에서 와야린 뭣하러 가시는 거유?"

그냥 예사롭게 묻는 투였다.

큰 키의 사내는 좀 당황한 듯 공연히 발을 힘주어 쿵쿵 울려 디디다간,

"예, 뭐 좀 일이…… 하, 이거 죄송합니다. 사삿일이 돼 놔서, 말씀드리기가…….'

더듬거렸다.

"사삿일이시라면……."

하고, 좀 사이를 두었다가 이어,

"아, 그럼 휴양이라두?"

큰 키의 사내는 흠칫 놀란 듯,

"네? 휴양…… 아, 네, 몸이 좀……."

이렇게 어물어물 말미를 흐렸다.

"역시 몸이? 아까 기침을 하실 때 객혈이 있으시기에……."

"보셨군요. 예, 약두 무척 썼지요. 허지만 그게 좀체루. 역시…… 제 병은 자기가 잘 알지 않습니까!"

다시 큰 키의 사내는 터져나오는 기침을 참느라고 쿳쿳— 했다.

"그럼 결국……."

말이 무심결에 튀어나온 걸 은폐라도 하듯,

"참, 선생은 뭘 하시우? 내 보기엔 어디 관공서에라두 나가시는 것 같은데……."

"예, 뭐, 그저…… 길이 참 맹했다!"

주춤 몸을 가누며 중절모를 벗어들었다가 다시 눌러쓰는 큰 키의 사내였다.

"노형 고향이 와야리시라면 거기 친척이 많으시겠읍니다그려……."

억구에게로 질문을 돌리고 있었다.

"친척? 하아 친척이라…… 제에기랄……."

억구는 걸음을 잠깐 멈추며 허리춤을 고쳐 올린 다음 씹어뱉듯,

"가친이 계시죠. 우리 아버지 말입네다……."

하고는 ㅎㅎㅎ…… 허탈하게 웃어 댔다.

"아, 그러십니까. 춘부장께서 아직…… 부럽습니다."

"아직 죽지 않았느냐구요? 부럽다구요?"

그렇게 다긋던 억구가 다시 허탈한 웃음을 웃었다.

눈 덮인 산골 밤은 냉랭하고 적연하기만 했다. 다만 개울물 흐르는 소리가 잘잘 두 사내의 눈밟아 나가는 소리에 어울려지곤 할 뿐이었다.

하늘은 곧 눈을 쏟을 듯 점점 어둑해지기 시작했다. 억구의 언 바짓가랑이가 제법 데걱거리고 있었다.

앞서 걷던 억구가 멈춰 섰다.

거뭇거뭇 송림이 우거진 고갯마루를 치어다봤다. 구듬치고개라는 것이었다.

큰 키의 사내가 두어 번 발을 구르며 오바주머니에서 담배를 꺼내어 피봉을 뗐다. 그리고 한 개비를 뽑아 억구에게 내밀었다. 담배를 받아드는 억구의 맨손이 뻣뻣하게 얼어 있음을 그의 엉거주춤한 손가락을 보아 곧 알 수 있었다. 키 큰 쪽도 한 개를 빼어 물고 성냥을 찾아 가죽장갑 낀 채 불을 당겼다.

성냥불에 담배를 대고 빠는 억구의 턱이 심하게 떨고 있었다. 첫 성냥개비는 허탕이 됐다. 다시 성냥을 그어 대는 큰 키의 사내 시선이 모가 난 억구의 얼굴을 날카롭게 뜯어보고 있었다.

"그래, 와야릴 갈래면 꼭 저놈의 고갤 넘어야 한단 말이우? 내 애참!"

생뚱같이 중얼거리는 억구의 말을 큰 키의 사내가 사뭇 송구스럽다는 투로 받았다.

"전 여기가 초행이라 놔서⋯⋯."

그러나 억구는 흥, 콧바람을 날리며,

"왜 이러슈 이거! 내가 여길 지릴 몰라 그걸 선생한테 물은 거유?"

하고 튕기듯 퉁명을 부렸다. 그리고 담배를 몇 모금 거듭 빨아 연기를 내뿜으며,

"제에기랄, 저놈의 고갤 내가 꼭 넘어야 하는 이유가 도대체 뭐야?"

혼잣소릴 했다.

큰 키의 사내는 조용히 억구의 옆모습만 뜯어보고 서 있었다.

문득 옆 사내의 시선을 알아차리기라도 한 듯 억구는 담배를 손 끝까지 타들도록 거듭거듭 빨아 대곤 휙 집어 던지며 고개를 향해 터벌터벌 오르기 시작했다. 언 바짓가랑이를 데걱거리며.

데걱거리며 고개를 향해 걷기 시작한 억구에게서 시선을 떼지 않고 서 있던 큰 키의 사내가 아랫입술을 지그시 물었다. 그리고 고개를 두어 번 끄덕인 다음 억구의 뒤를 따랐다. 터져나오는 기침을 큿큿—참아가며.

고개로 접어드는 산기슭, 보득솔밭을 지나며 먼저 입을 뗀 것은 억구였다.

"제에기랄, 우리 어렸을 적만 해두 이 보득솔밭엔 토끼두 숱 했는데…… 거, 눈이라두 좀 빠졌을 땐 그저 두어 마리 때려잡긴 예사였소만…… 그런데 거 토끼란 짐승은 눈엔 영 맥을 못씁데다……."

그러자 큰 키의 사내가 회고조로 천천히 말을 받았다.

"이거 토끼 얘기가 나왔으니 생각이 납니다만……."

중학 이학년 때인가 전교생이 학교 뒷산으로 식수를 나갔다. 이제 싸릿순이 파랗게 터져 오르는 싸리밭에서 토끼똥을 주워 든 아이들이 장난삼아, 토끼 여깃다아 — 하자 여기저기서 웅성대다 보니 그게 그냥 토끼 사냥이 돼 버렸다. 상급반에서 정말 한 마리 풍겨 놓은 것이다. 그러나 스크럼이 허술한 몰이여서 그놈은 이내 포위망을 빠져나가고 말았지만 어쩌다 이제 겨우 발발 기어다니는 새끼 한 마리를 붙잡았다. 토끼 새끼를 번쩍 쳐들어 둘러선 아이들에게 구경을 시킨 생물 선생은 싱글거리며 봄볕에 노곤히 지쳐 있는 이쪽에게 그것을 건네주며, 잘 가지고 있어라 — 했다. 얼결에 새끼 토끼를 받아 든 이쪽은 생물 선생의 말을 들으면서 그만 헛구역질을 했다. 이놈을 생물 시간에 해부를 해 보이겠다는 것이었다. 해부를 한 다음에는요? 하고 어떤 녀석이 장난조로 묻자, 하 그건 너희들이 아직 잘 모를 테지만, 거 토끼고기가 뭐뭐에는 최고지 — 하는 생물 선생의 말을 받아 아이들은 합창하듯,

"토끼다리 술안주!" 했다. "고오놈들." 과히 무서울 것없는 호령이었다.

그러나 조막만 한 토끼 새끼의 귀를 잡고 앉아 있는 이쪽은 요렇게 작은 걸 — 내심으로 툴툴대며 자꾸 헛구역질을 했다. 토끼 새끼의 가슴팍에 손을 대어봤다. 파득파득 뛰고 있는 가슴팍에서 따스한 온기가 전해졌다.

이때 누군가 "저기 에미 토끼 온다아!"소릴 쳤다. 정말 칡빛 토끼 한 마리가 이리로 곧장 구르다시피 달려 내려오고 있었다. "에미다, 에미! 야, 임마, 그 새낄 에미가 보두룩 번쩍 들어라. 번쩍……." 국어 선생이었다. 어미 토끼를 포위하기란 수월했다. 아이들이 와와 소리쳤다. 어미 토끼는 이리저리 핑핑 돌기만 했다. 그렇게 어쩔 줄 모르고 핑핑 돌기만 하던 어미 토끼가 갑자기 딱 멈춰 서며 이쪽의 번쩍 쳐들고 있는 새끼 토끼를 노려보는 것이 아닌가. 이 당돌한

기세에 아이들도 주춤했다. 칡빛 어미 토끼의 쭈뼛 곤두선 두 귀와 까만 눈빛. 빛나는 눈알을 보자, 이쪽은 부르르 몸을 떨었다. 그러자 이때 살기차고 공포에 질린 표정으로 이쪽을 노려보던 그 어미 토끼가 씽하니 이쪽에게로 내달아오기 시작했다. 둘러섰던 아이들이 그제야 와아…… 소릴 쳤다. 새끼 토끼 역시 무어나 알기라도 한 듯 부들컹대며 깍깍거렸다. 이쪽은 어미 토끼의 눈에서 무엇인가 뻔쩍하는 걸 본 듯했다. 마치 불꽃 같은 — 순간, 새끼 토끼를 쳐들고 있던 이쪽은 그만 얼결에 비켜서고 말았다. 그 틈이 난 사이로 토끼가 빠져나가 산으로 치뛰고 있었다. 치뛰는 토끼를 쫓는다는 건 무모한 것이었다. 모두들 악을 쓰다시피 이쪽에게 욕을 해대고 있었다. 그러나 정작 이쪽은 멍하니 선 채로 치뛰는 어미 토끼를 바라보고 있을 뿐이었다. 토끼 새끼의 두 귀를 움켜쥔 손바닥에 땀이 배었음을 늦게야 깨달았다. 거, 인간이나 동물이나 모성애란 무섭거든 — 하고 입을 연 국어 선생님은 금세 입을 헤 — 벌리며 "하, 그놈 꽤 크던 걸, 그으거 참……." 이쪽에게 힐끔 눈살을 주면서였다.

"하아, 그럼 누군 입맛을 안 다시겠소? 그때 선생님께선 욕깨나 먹게 됐수다 뭐."

흠흠 — 웃으며 억구가 말했다. 그러나 자못 정색을 한 큰 키의 사내는,

"욕이 문젭니까? 그보다두 다음 생물 시간에 벌어질 일을 생각

하니……."

하다간 그냥 겸연쩍게 웃어 버리고 말았다.

"그래, 다음 날 고 조막만한 토끼 새낄 해불 합디까? 그 고긴 술
안줄 하구……?"

억구가 다시 흠흠 웃었다. 하자 큰 키의 사내는 보득솔을 붙잡
고 끙끙 힘을 써 오르며,

"글쎄 그게……."

잠시 사이를 두었다가,

"그날 밤 꽤 피곤했지만 잠이 통 오질 않더군요. 그 어미 토끼의
도사리고 노려보던 눈, 그리고 배를 째이는 새끼 토끼의 환상이 자
꾸…… 그예 난 생물 선생네 토끼장의 위치를 짐작하며 잠자리에
서 빠져나오고야 말았읍죠."

하자, 억구는 그 예의 조소 섞인 웃음을 흠흠 ― 하며,

"하, 선생이 왜 일어났는가 내 알겠수다. 물론 그 새끼 토낄 구
해 주셨겠구만. 그러구 보니 선생두 어렸을 적엔 어지간하게시리
거 뭐랄까……."

그러나 큰 키의 사내는 그 말을 가로채,

"글쎄 그게 그렇게 되지가 못하구……."

하고 또 긴 말을 이을 기세를 보이자, 억구는 얼른 말미를 낚아,

"여하튼 선생 애길 듣고 보니 난 사실 부끄럽수다. 그럼 선생,
이번엔 내 애길 한번 들어보실라우? 이렇게 눈이라두 푹 빠진 날이

면 늘 생각이 납니다만 이놈은 원래 종자가 악종이었습니다."

아홉 살인가 그럴 때였다. 자기 집 앞 보리밭에서 눈을 뭉치고 있었다. 처음엔 주먹만 하게 뭉쳐서 그것을 눈 위로 굴렸다. 주먹만 하던 게 차츰차츰 커지기 시작했다. 아기 머리통만 하게, 더 커지면서 물동이만 하게, 억구는 자꾸자꾸 굴렸다. 숨이 찼다. 장갑을 끼지 않은 손이 에듯 시렸지만 참았다. 꾹 참았다. 참아야만 했다. 뒤에 종종머리 계집애가 있었던 것이다. 눈덩이가 굴러 바닥이 드러난 곳에 푸릇푸릇 보리싹이 보였다. 그 드러난 자국을 쫓아 종종머리 예쁜 계집애가 따라오며 좋아라 손뼉을 치고 있었다. 마을 밤나무 숲에선 까치가 듣그럽게 울었다. 계집애 옆엔 강아지도 길길이 뛰며 따르고 있었다. 신이 난 억구는 자꾸자꾸 눈덩이를 굴렸다.

그러나 이게 웬일인가. 이미 한 아름이 넘게 커진 눈덩이는 이제 바닥에서 뿌득뿌득 소리만 날 뿐 더 이상 움직이질 않았다. 눈덩이가 아홉 살짜리 힘에 부치게 컸던 것이다. 그러나 예쁜 종종머리 계집앤 자꾸 더 굴리란 것이다. 항아리만 하게 낟가리만 하게, 산만큼 크게, 아주아주 하늘 땅만큼 크게 만들라는 것이다. 억구는 그만 울상이 됐다. 안달했다. 이젠 손이 시린 걸 더 참을 수가 없었다.

그러나 이때 종종머리 계집애가 저쪽을 손가락질했다. 득수란 놈이 이쪽으로 눈덩이를 굴려 오고 있지 않은가. 득수의 눈덩이가 점점 커지더니 잠시 후에 억구 것은 댈 것도 못되었다. 종종머리 계집앤 문제없이 득수 편이 됐다. 강아지까지였다.

억구는 그만 눈물이 징 솟았다. 더 참을 수 없이 손이 시렸다. 드디어 억구 앞까지 눈덩이를 굴려 온 득수가 씩 웃으며 파란 바탕에 노란 무늬 수 놓은 장갑을 낀 손으로 억구 눈덩이를 손가락질하며, "애개 쪼끄매……." 했다. 덩달아 종종머리 예쁜 계집애도, "득수야 재껴(나를 가리키는 그 계집애도 빨간 벙어리장갑을 끼고 있었지요) 하구 막 싸워 봐, 누구 께 이기나!"하는 것이었다. 그러자 득의양양해서 자기 눈덩이를 억구 것에다 굴려 오는 득수, 억구는 자기가 만든 눈덩이가 두 쪽으로 갈라지는 걸 보았다. 그리고 계집애가 좋아라 손뼉 치는 소리도 들었다.

"문득 깨닫고 나니 난 득수 놈의 장갑을 입에 물고 있더란 말이오. 헌데, 입 안엔 분명 장갑뿐인 게 아니었쥬. 난 그걸 뱉는 것까지 잊어버린 채 그저 멍하니 서 있었지 뭡니까."

이때 눈 위에 벌렁 나자빠졌던 득수가 제 손등을 보더니 그제야 아악! 하고 비명을 질렀다. 그렇게 기겁을 한 득수가 시뻘건 눈으로(놈이 커서 죽을 때도 역시 꼭 그런 눈으로 날 노려봅데다) 뿌르르 일어서더니 억구가 아직 물고 있는 장갑을 낚아챘다. 그제야 억구는 입안 가득히 괸 것을 눈 위에 뱉었다. 눈이 새빨갛게 물들었다. 억구는 입안에 괴어든 피를 거푸 뱉어 냈다. 손등의 살이 떨어져 나간 득수가 펄펄 뛰면서 울어 대는 걸 힐끔거리며 억구는 자꾸자꾸 침만 뱉었다.

"허나 이빨 사이에 끼인 그놈의 장갑 실오래긴 영 나오질 않습
디다그려!"

하고, 억구는 걷기를 잠깐 멈추고 몇 번 퉤— 침을 뱉고 나서 다
시 이야길 이었다. 볼이 얼어서 발음이 제대로 안 되는지 더듬거려.

"마침 그때 아버님은 안 계셨지만, 난 계모한테 붙들려 꼬박 이
틀을, 꼭 이틀 하구두 한나절을 광 속에 갇혀 지냈수다. 컴컴한 광
속에 가마니를 깔고 앉아 자꾸 침만 뱉었죠. 그러나 아무리 해도 그
득수 놈의 장갑 실오래긴 어떻게 빼낼 수가 없읍데다. 속에선 불이
펄펄 일구, 그 망할 광 속은 왜 그리 캄캄하고 추운지! 제기랄, 내
그때 벌써 감옥소란 데가 이렇겠거니 생각했댐 알쪼 아니우?"

억구는 말을 맺으며, 다시 눈 쌓인 고갯길을 오르고 있었다. 그
의 양복은 온통 눈투성이었다. 바짓가랑이에선 여전히 데걱데걱
언 소리가 났다.

보득솔밭을 지나 꽤 큼직한 송림 사잇길이었다. 소나무 위에 얹
혔던 눈이 쫘르르 떨어져 내렸다. 억구가 다시 이야길 이어갔다.

"난 기어코 득술 죽이고야 만 겁니다. 거 왜, 사변 때 말입니다.
파리 새끼 죽이듯 사람 막 죽일 때 말이죠. 놈을 죽일 때 보니 그놈
은 왼손에 장갑을 끼고 있더군요. 차마 그걸 벗겨 버릴 순 없었는
데, 울화통은 더 치밀더군요. 여하튼 난 득술 죽이고야 말았다—
이겁니다. 허나 그뿐인 줄 아슈? 육친을, 즉 제 애비까지 잡아먹은
게 바로 나요. 이 최억구라는 인간입네다."

결국 이용당했더란 것이다. 어릴 적부터 동네의 천더기로 따돌림당하던 자기를 빨갱이들이 용하게 이용했더란 얘기다. 무슨 위원회 부위원장이니 하는 감투를 떠억 씌워서. 그래 결국 자기 부친까지 참사를 당하게 됐다는…….

늙은 부친과 함께 한방에서 자고 있었다. 계모는 이미 억구가 철들기 시작할 무렵 달아나 버렸고, 그래 부친은 늘 억구에게 장가가길 원했던 것이다. 허지만 와야리에선 힘든 일일 수밖에.

억구는 눈을 멀뚱히 뜬 채 생각에 잠겨 있었다. 조금 전 소변 보러 밖에 나갔던 부친이 돌아오며 하던 말이 떠올랐다. 밖에 눈이 퍽 내렸다고, 올해의 눈 온 짐작으로 봐선 내년은 분명 풍년일 게라고 — 하던 부친이 이불을 뒤집어쓰며 푸욱 한숨을 내쉬었던 것이다. 그 깊은 한숨 소리에 억구는 그만 잠을 뺏기고 만 것이다. 자기 때문에 마을도 한번 변변히 못 나가고(그렇게 이 억구란 놈이 악종으로 날뛰었던 겁니다) 방 안에서만 늘 풀이 죽어 있어야만 했던 부친의 한숨 소리에 자꾸 헛기침만 해대던 억구였다.

그 밤, 부친은 죽창에 찔려 죽고, 어쩌다 자긴 이렇게 여기 살아 있다고 억구는 또 고개 오르기를 멈추며 조용히 한숨을 몰아쉬었다.

"우리 부자만 몰랐지, 동네에서들은 모두 국군이 멀지 않아 돌아온다는 걸 알고들 있었던 거죠. 결국 자기들 손으로 우리 부잘 처치해 버리자는 생각들이었겠죠. 억구란 놈이 그렇게 죽어 마땅한 놈이었읍네다."

그들이 고개 오르기를 잠시 쉬는 동안도 산 속의 소나무 위에 얹혔던 눈은 제 무게가 겨운지 쏴르르 — 쏟아져 내리곤 했다.

"그날 밤, 난 집을 빠져나와 뒷산으로 치뛰며 아버님의 비명을 들었수다. 득수 동생 놈이, 잡았다! 하고 소릴 치더군요. 잡았다, 하고 말입네다. 그래두 이놈은 살겠다고 정갱이까지 빠져드는 눈길을 맨발로 달아나구 있었죠."

그는 카악 가래침을 돋궈 입안에 꿀럭거리며,

"그러니까 그때 와야릴 떠나군 이번이 처음 가는 겁네다. 십 년이 넘는 오늘에야 아버님을 찾아가는 겁니다. 비록 무덤이지만……."

퉤 — 가래침을 뱉어 버리고 다시 고개를 허위적허위적 오르기 시작했다.

큰 키의 사내는 이제 눈길을 걷기에 지칠 대로 지친 듯 헉헉 숨을 몰아쉬곤 했다. 그러나 억구의 얘기에 흠뻑 끌리고 있는 투였다.

드디어 우중충 흐렸던 하늘이 눈을 내리기 시작했다. 세상의 모든 것을 덮어 버리며, 그리고 순화시키는 그런 위력을 가진, 그리고 못 견딜 추억 같은 걸 뿌리면서 눈이 내렸다. 바람결에 눈발이 비끼고 있었다. 송림이 웅웅 — 적막한 음향을 냈다.

"그럼, 노형은 이제 와야리 사람들을 만날 생각이십니까?"

큰 키의 사내가 좀 가파른 눈길을 엉금엉금 기어오르며 숨가쁘게 말했다. 하자, 옆에서 기어오르던 억구가 주춤 멈추며 뒤를 향해,

"와야리 사람들을 만나겠느냐구요? 분명 선생이 그렇게 말씀하

셨것다? 만나겠느냐구 — 흥, 만-나-겠-느냐구!"

억구는 거푸 되뇌며, 마치 얼빠진 사람처럼 웅얼거렸다. 그러다가 느닷없이 발끈 내질렀다.

"선생, 그래 내가 그 사람들을 만나지 못할 건 뭐유? 난 와야리서 낳구, 거기서 뼈가 굵었구, 가친이 게서 돌아가시구, 게다가 나두 사람인데 내가 왜 그 사람들을 못 만난단 말이우?"

꽤나 격앙된 어조였다. 그러나 다시 푹 사그라진 어조로,

"난 어제두 와야리 놈을 하나 만났수다. 춘천에서 말이오. 바루 내가 죽인 거나 진배없는 그 득수놈의 동생을 만났다 이겁니다. 놈이 날 보자마자, 형님, 이거 반가워유…… 하지 않겠소. 사실 나도 처음엔 왈칵 반갑습데다. 놈을 술집으로 끌구 갔죠. 우린 과거 애긴 될 수 있는 한 피했죠. 허나 술이 얼근해지자, 난 떠억 물어본 겁니다. 그래 자넨 우리 아버질 분명 잡았것다? 그런데 그 잡은 걸 어데다 묻었나? …… 하고 말이죠. 허니까 그 녀석 술이 확 깨는지, 그래두 놈은 내 맘을 풀어볼 양으로 고분고분한 말투로, 우리 선대조 산소에 모셨노라구, 그리고 벌초까지 제가 매년 해왔다는 겁니다. 우선 놈의 얘기가 고맙더군요."

신음하듯 말미를 흐렸다.

"네에! 득수라는 사람 동생을 어제 만나셨다구요? 그 김득칠 일……"

그러자 억구는 후딱 놀란 듯,

"예, 어제 분명 그놈을 만났지요. 그런데 선생이 어떻게 그놈 이름을 아슈? 알길……."

조급스레 다그쳐 물었다.

"김득칠이가 맞죠? 서른 셋, 직업은 면 서기죠. 김득칠인 어제 근화동서 살해됐습니다."

큰 키의 사내가 차분한 어조로 말했다.

이제 억구가 획 몸을 돌리며,

"나두 알고 있소. 득칠이가 소주병에 대가릴 맞아 죽은 걸 나도 알고 있단 말이요. 그런데 지금 선생은 꼭 내가 득칠일 죽인 범인이라두 되는 것처럼 생각하는가 본데, 자, 선생, 내가 득칠일 죽였단 말이오?"

한 마리 곰처럼 도사려 앉아 밑의 사내를 노려봤다.

큰 키의 사내는 오른 손을 오바주머니에 찌른 채 두어 걸음 밑으로 물러서며 억구를 쳐다봤다.

이미 그들은 거의 고개 마루턱까지 올라와 있었다. 한동안 그들은 서로 마주 본 채 움직이지 않았다. 큰 키의 사내의 오른손은 아직 오바주머니에 꾹 찔려 있었고 억구는 머리부터 온통 눈을 뒤집어쓰고 있었다. 눈은 자꾸 비껴 내렸다.

이윽고 큰 키의 사내가 오른쪽 손을 오바주머니에서 빼며 모자를 벗었다.

모자에 하얗게 내려앉은 눈을 털면서 입을 열었다.

"공연한 오해를 하고 있는 것 같습니다그려. 제가 왜, 어제 근화동에서 그 현장을 우연히 봤다지 않습디까? 형사들이 죽은 사람의 증명서를 뒤지며 김득칠이니 뭐니 하길래…… 또 노형이 어제 만났다는 분이 그 죽은 사람 같아서 한번 그래 본 것 뿐입니다…… 자, 그런데 이거 눈이 너무 오십니다그려…….."

그러자 억구는 아무런 대꾸 없이 몸을 일으켜 걸음을 옮기기 시작했다.

이제 그들은 바람을 안고 내리막 눈길을 걷고 있었다. 걷는다기보다는 미끄러져 내려가고 있는 형편이었다. 그러나 앞선 것은 여전히 억구였다.

눈 덮인 송림이 웅웅 울고 있었다.

가끔 소나무 위에 얹혔던 눈 무더기가 쏴르르 쏟아져 내렸다. 부쩍 언 억구의 바짓가랑이는 연해 데걱거렸다.

"그래, 노형은 그동안 어떻게 지내셨습니까? 그날 밤 와야일 떠난 후에 말입니다."

큰 키의 사내가 물었다.

"진작 물으실 줄 알았는데…… 결국 선생이 궁금한 건 사람을 죽인 놈이, 제 애비까지 죽인 빨갱이가 그동안 그 대가를 치렀느냐 이거죠? 즉 이 최억구란 놈이 형무소에서라두 도망쳐 오는 게 아니냔 그 말씀이죠?"

억구는 또 그 예의 흠흠 조소 섞인 웃음을 웃었다.

그렇게 웃던 억구가 풀썩 미끄러져 주저앉았다. 주저앉는가 하자 어느새 굴러내리기 시작했다. 순간 큰 키의 사내는 확 — 긴장하면서 오른 손을 오바주머니에 넣었다. 역시 그도 몇 걸음 미끄러져 내리며,

"여보!"

외쳤다.

그러나 서너 바퀴 굴러내린 억구는 온통 눈에 묻혀 버린 채 꼼짝도 않았다. 큰 키의 사내는 오른쪽 손을 주머니에 넣은 채 어쩔까 망설이는 표정으로 서 있기만 했다.

눈발은 더욱 세게 비껴 내리고.

이윽고 눈 속에 엎어져 있던 억구가 엉기엉기 길을 찾아 오르며 띄엄띄엄 중얼거렸다.

"하긴 나두 처음엔 몇 번이고 자수할 생각이었죠. 그러나 결국 난 자술 못하고 만 거죠. 난 그 광 속을 잊을 수가 없었던 거요. 그 광 속에서 이틀 동안이나 이빨 사이에 박힌 장갑 실오래길 빼려구 내가 얼마나 애를 썼는지 아슈? 침이 묻은 손은 자꾸 얼어들구, 실이 끼인 잇몸의 살이 떨어져 피까지 나왔지만 난 그 장갑 실오래긴 아무래도 뺄 수가 없었던거요. 예, 늘 생각을 한 거죠. 난 그 육시라게 춥구 캄캄한 광 속에선 실오래길 죽어두 빼낼 수가 없었다 …… 이겁네다."

그는 흡사 술취한 사람처럼 떠벌리며 기어올랐다.

큰 키의 사내는 얼마간 경계하는 몸짓을 하면서 그를 부축해 끌

어울렸다.

다 기어 올라온 억구는 눈 같은 건 털려고도 않은 채 우선 양복 윗주머니의 불룩한 곳부터 더듬었다.

그리고 다시 앞을 서서 고개를 내려가기 시작했다. 넋두리하듯 지껄여대며.

"보시우 선생. 징역이니 사형이니 어쩌구 하는 것에다 제 죄를 전부 뒤집어씌워 놓곤 자긴 떡 시치밀 뗄 수가 있다고 생각하시우? 어쩜 그게 가능할지도 모르죠. 허나 이놈에겐 그 춥구 캄캄한 광 속의 기억이 있는 한…… 여하튼 산다는 게 무서웠습니다. 선생, 좀 어쭙잖은 말 같습니다만 늘 생각해 왔읍네다. 내 운명이라는 게 가혹하지 않았느냐 하는 생각 말입네다. 미련하구 무식한 나지만 난 분명 일구 있었지요. 이건 분명 사람으루 태어나서 사람처럼 살아 보질 못했다는 사실 말입니다. 우선 난 잠을 잃어버렸던 겁니다. 사람이 잠을 못 잔다는 건 마지막이 아닙니까? 그건 그렇다구 하더라두 이 최억구 놈 세상만사에 재밀 몰랐던 거요. 모든 게 나와는 거리가 멀구 하루하루 사는 게 그저 고역이었읍네다. 이렇게 서른 여섯 해를 살아온 납네다. 그래 놓으니 이 철저한 악종두, 이건 너무 억울하지 않으냐…… 하는 생각이 미치는 게 아니겠소……."

눈발은 여전히 푸슴푸슴 비껴 내렸다. 눈을 하얗게 뒤집어쓴 채 내리막 눈길을 걷는 억구의 바짓가랑이가 계속해 데걱거렸다. 송림이 웅웅 — 울며 나뭇가지 위에 쌓였던 눈이 쏴르르 쏟아져 내렸다.

이때 앞서서 내려가던 억구가 아까처럼 쭈르르 미끄러져 두어 바퀴 굴러 내렸다. 하자, 큰 키의 사내는 재빨리 오바 주머니에 손을 넣으려다 짐짓 긴장을 풀며 오바깃을 추켜 올렸다. 굴러내린 억구가 이번엔 곧 일어나 걸으며 여전히 떠벌렸다.

"내 어느날 창녀 하나 찾아가질 않았겠소. 선생 같은 분네한텐 부끄럽수만 난 돈푼이라두 생기면 그런 데라두 가지 않군 못 견뎠읍네다. 어쨋든 끌어 안고 보면 제 아무리 부처님이라도 열중해 버리고 말거든요. 그렇게 무엇에고 열중할 수 있다는 게 이놈에겐 여간 대견한 일이 아니었수다. 암, 대견했죠. 그런데 어쩌다 그날 내게 걸려든 계집이라는 게 이건 정말 주물러 잡아뺀 상판입데다. 눈칫밥 만 사흘에 얻은 손님이라구 그 계집 입이 함박만 하게 벌어지더군요. 아무리 못났대두 끼구 누웠으려니 사람의 정이란 묘해서 이런저런 얘길 주고 받았죠. 얘기래야 그 잘나빠진 계집의 신파 같은 신세타령이었소만…… 헌데, 내애 차암, 어이 없어서. 글쎄 그 계집이 갑자기 쿨쩍쿨쩍 울더란 말이오. 그렇게 쿨쩍거리며 울던 계집이 이번엔 또 천연덕스럽게 한다는 소리가 제 운명을 탓해서 우는 건 아니라구요. 기뻐서, 가슴이 벅차서 운다는 겁니다. 그게 무슨 소린고 하니 자기가 지금 이렇게 천댈 받고 살지만, 그게 도무지 억울하지가 않다나요. 억울할 게 뭐냔 겁니다. 그래, 그게 어째 그러냐 했더니, 그 계집 대답이 걸작입데다. 뭐라는고 하니, 자긴 죽었다가 다시 이 세상에 태어난다나요. 그건 틀림이 없다구요.

그땐 지금 관셀 받고 산 그만큼 잘 살아 보겠다는 겁니다. 그건 틀림이 없다나요. 그 생각을 하기만 하면 그만 가슴이 벅차서 울음이 자꾸 터진다나요. 자기 머릿속에 꽉 차 있는 건, 다시 태어나면 그때 어떻게 살아보겠다는 계획뿐이랍니다. '국회의원 외딸루 태어날지도 몰라요. 아버진 귀가 큰 데다가 얼굴이 잘 생기구 또 기맥히게 인자하시지 뭐예요. 이렇게 눈에 선한걸요. 학교에 갈 땐 꼭 아버지 차로 가겠어요. 사내동생 하나가 또 있음 좋겠어요. 걘 말 아니게 개구쟁이라니까요. 그래두 날 얼마나 따른다구요. 그 앤 영 하배울 만들었으면 좋겠는데…….'

이렇게 꿈같은 소릴 하길래 내 말이, 오뉴월 쇠불알 떨어지길 기다리지 왜…… 했더니 그 계집 정색을 하는 덴 내 그만 손 들었수다. 그렇지 못하다면 지금 자기가 왜 이 고생을 하며 살겠느냔 겁니다. 안 그래요, 손님? 하지 뭐요. 제에기랄, 계집이 미쳐두…….”

억구는 이제 흡사 한 마리 흰 곰이 돼있었다. 언 바짓가랑이가 걸음을 옮길 적마다 요란스레 데걱거렸다.

큰 키의 사내는 억구의 떨벌리는 말을 들으며 좀처럼 입을 열지 않고 있었다. 그의 모자와 오바에도 온통 하얗게 눈이 내려앉고 있었다. 그는 가끔 터져나오려는 기침을 쿳쿳 — 참고 있었다.

“그 창년 다음 세상에서 잘 살아보길 원하고 있었지만 난 그게 아니었수다. 보다는 이왕 이 세상에 나온 이상 한번 그 태어난 값이나 해 보자, 한번쯤은 인간답게 살아 보구 싶었던 겁니다. 아마

나처럼 살려구, 그놈의 구렁텅이에서 벗어나려구 끈덕지게 버둥거린 놈두 드물 겝니다. 허지만 선생, 그 보답이 뭔지 아시우?"

마치 시비라도 걸 듯한 기세였다가 곧 수그러진 어조로 말했다.

"자, 이제 됐수다. 여기가 바루 큰길입니다."

걸음을 멈춘 억구는 엉거주춤 소변을 봤다. 그의 말대로 그들은 이미 그 험한 구듬치고개 눈길을 다 넘어 큰길에 다다라 있었던 것이다.

큰길에 이르고서부터 그들은 서로 나란히 서서 걸었다. 두 사내의 발이 터벌터벌 발목까지 빠지는 눈길 위에 점을 찍어 나가고 있었다.

먼저보다 바람기가 스러지면서 눈발은 이제 조용한 흩날림으로 변했다.

옆 산 소나무 위에 얹혔던 눈무더기가 쫘르르 쏟아져 내렸다. 마치 자기 무게를 그렇게 나약한 소나무 가지 위에선 더 이상 지탱할 수 없다는 듯이…… 그때 좀 먼 곳에서 뚝 우지끈 ― 소나무 가지 부러져 내리는 소리가 들려왔다.

그러자 이때 억구가 느닷없이 키 큰 사내의 앞을 막아서며,

"선생, 난 득수 동생놈을, 그 김득칠일 어제 죽였단 말이오. 이렇게 온통 눈이 내리는데 그까짓 걸 숨겨 뭘 하겠소. 선생은 아주 추악한, 사람을 몇 씩이나 죽인 무서운 놈과 함께 서 있는 거유. 자, 날 어떻게 하겠수?"

그러면서 한 걸음 큰 키의 사내 앞으로 다가섰다.

큰 키의 사내는 후딱 몇 걸음 물러서며 오바주머니에 오른손을 잽싸게 넣었다.

그의 시선은 억구가 양복 웃주머니의 불룩한 것을 움켜 쥐고 있는 것에 머물러 있었다.

"아까두 말했지만, 그 술집에서 난 놈에게 이주걱댔죠. 그래 자넨 분명 우리 아버질 잡았것다? 그래 벌초를 매년 해 왔다구? 아 고마워, 고마워…… 하고 말입네다. 한데 그 득칠일 난 그날밤 죽이고야 만 것입니다. 글쎄, 나두 그걸 모르겠수다. 왜 내가 그 득칠일 죽였는지……."

아직 들어보질 못한 맥 빠진, 그렇게 풀이 죽은 목소리로 말했다.

그러나 큰 키의 사내는 묵묵히 억구의 얼굴을 뜯어보고만 있었다. 이윽고 억구가 큰 키의 사내 앞에서 몸을 돌리며 저쪽 산등성이를 가리켜 보였다.

"바루 저 산에 가친 산소가 있답니다. 우리 조부님 산소 옆이라는군요. 난 지금 거길 가는 겁니다. 가서 우선 무덤의 눈을 쳐드려야죠. 그리구 술을 한잔 올릴랍니다. 술을 올리면서 가친의 음성을 들을 겁니다. 올해두 눈이 퍽 내렸구나. 눈 온 짐작으루 봐선 내년두 분명 풍년이겠다만…… 하실 겁니다. 그리고 푹 — 한숨을 몰아 쉬시겠죠. 그 한숨소릴 들으면서 가친 옆에 누워야죠. 이젠 가친을 혼자 버려두고 달아나진 않을 겁니다."

그는 산으로 향한 생눈길을 몇걸음 걷다가 다시 이쪽을 향해,

"참, 바루 저기 보이는 저 모퉁일 돌아감 거기가 바루 와야립니다. 가셔서 우선 구장네 집을 찾아 몸을 녹이시우. 뜨끈뜨끈한 아랫목에 푹 몸을 녹여서. 자, 그럼 난……"

산을 향해 생눈길을 걸어가는 그의 언 바짓가랑이가 서걱서걱 요란한 소리를 냈다.

어깨를 잔뜩 구부리고 흡사 한 마리 흰 곰처럼 산을 향해 걷는 억구의 을씨년스럽고 초라한 뒷모습에 눈을 주고 선 큰 키의 사내는 한참이나 그렇게 묵묵히 섰다가 문득 큰 길 아래로 내려서서 억구쪽으로 따라가며,

"노―형, 잠깐!"

말소리 속에 강인한 무엇인가 깔려 있는 듯싶었다.

언 바짓가랑이를 데걱거리며 걸어가던 억구가 주춤 멈춰서 이쪽으로 몸을 돌렸다. 큰 키의 사내가 성큼성큼 다가갔다. 오바 안주머니에 손을 넣어 무엇인가 움켜쥔 그런 자세였다.

억구가 짐짓 몸을 추스르며 자기에게로 다가서는 큰 키의 사내 거동을 바라보고만 있었다.

억구 앞에 멈춰 선 큰 키의 사내가 할 말을 잊은 듯 멍청하니 고개를 위로 향했다. 고개를 약간 젖히고 입을 헤 ― 벌린 채. 그의 이러한 생각하는 표정 위에 눈이 내려앉고 있었다.

― 그날 밤 난 생물 선생네 담을 빙빙 돌고만 있었지. 내 키보다

두 낮은 담이었어. 난 거푸 담을 돌고만 있었지. 만약 내가 담을 넘
어 들어간다면… 그러나 난 담을 넘어서는 안 된다고 생각했다. 담
이란 남이 들어오지 말라고 만들어 놓은 거니까. 들어오지 말라는
걸 들어가면 그건 나쁜 짓이니까, 그건 도둑놈이지. 난 나쁜 놈이
되는 건 싫었으니까. 무서웠던 거야. 나는 담만 돌며 생각했지. 오
늘 갑자기 생물 선생넨 무서운 개를 얻어다 놓았을지도 모른다고.
또, 어쩌면 선생이 설사 나서 변소에 웅크려 앉았을지도 모른다는
지레 경계를…… 그리고 남의 담을 넘는다는 건 분명 나쁜 짓이라
고…… 무서웠던 거야. 결국 난 새끼 토낄 구할 생각을 거두고 담
만 돌다 돌아오고 말았지.

"아니 선생, 남을 불러놓군 왜 그렇게 하늘만 쳐다보슈?"

억구가 말했다.

— 나쁜 놈이 되기가 싫었던 거야. 담을 넘는다는 건….

큰 키의 사내가 한걸음 물러섰다. 생각하는 표정을 거두지 못
한 채.

산 속 소나무 위에서 다시 눈무더기가 쏴르르 — 쏟아져 내렸
다. 마치 그 연약한 나뭇가지 위에선, 그리고 거푸 내려 쌓이고 있
는 눈의 무게를 더 이상 지탱할 수 없다는 듯.

억구가 다시 다그쳤다.

"선생, 발이 시립니다. 내가 여기 얼어붙어야 좋겠소? 원 별양
반도…… 자, 그럼……."

억구가 다시 몸을 돌려 산을 향했다. 그가 몸을 돌리는 순간 그의 강똥한 양복 윗주머니에서 삐죽하니, 2홉들이 소주병 노란 덮개가 드러나 보였다.

순간 망설이던 큰 키의 사내 얼굴에 어떤 결의의 빛이 스쳤다.

"아, 노형, 잠깐!"

억구가 바짓가랑이를 데걱거리며 다시 몸을 돌렸다.

순간 큰 키의 사내는 오른쪽 오바주머니에서 서서히 손을 뺐다.

— 나는 담만 돌았지. 무서웠던 거야.

"이걸 나한테 주시는 겁니까?"

억구가 물었다.

"예, 드리는 겁니다. 아까 두 개피를 피웠으니까 꼭 열여덟 개피가 남아 있을 겁니다. 눈이 이렇게 많이 왔으니 올핸 담배도 풍년이겠죠. 그러나 제가 지금 드린 담배는 하루에 꼭 한 개씩만 피우셔야 합니다."

큰 키의 사내 얼굴에 엷은 미소가 번지고 있었다.

그리고 그는 담배 한갑을 받아든 채 멍청히 서 있는 억구에게서 몸을 돌려 마치 눈에 홀린 사람처럼 비척비척 큰길을 향해 걸어가고 있었다.

잔기침을 몇 번 쿳쿳 — 하면서.

걸어가는 그의 등 뒤로 마치 울음 같은 억구의 외침이 따랐다.

"하루에 꼭 한 개씩 피우라구요? 꼭, 한 개씩, 피, 우, 라, 구 요?"

그러면서 그는 느닷없이 웃음을 터뜨렸다.

ㅎ ㅎ ㅎ ㅎ ㅎ ㅎ ㅎ

눈 덮인 산 속, 아직 눈 조용히 비껴 내리고 있는 밤이었다.

—〈동행〉, 조선일보 신춘문예 당선작, 1963

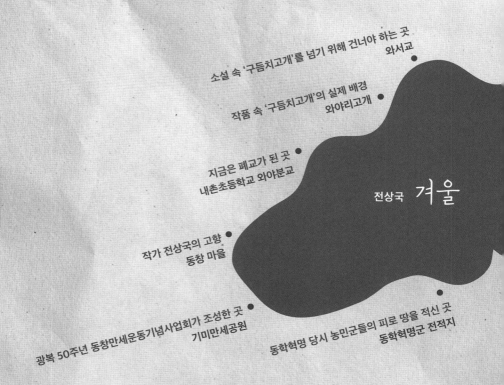

문
학
기
행

소설 속 '구등치고개'를 넘기 위해 건너야 하는 곳
와서교

작품 속 '구등치고개'의 실제 배경
와야리고개

지금은 폐교가 된 곳
내촌초등학교 와야분교

전상국 겨울

작가 전상국의 고향
동창 마을

광복 50주년 동창만세운동기념사업회가 조성한 곳
기미만세공원

동학혁명 당시 농민군들의 피로 땅을 적신 곳
동학혁명군 전적지

동행, 서로 다른 모든 것과 함께하는 길

와야리 고갯길에서 햇살로 빛나는 억새풀

이제 막 해가 솟으려고 하는지 아파트 건물 사이로 보이는 엷은 구름에 아침 노을이 부드럽다. 그 뒤로 마치 기둥처럼 서 있는 듯 좁다란 높이로 파아란 하늘이 펼쳐져 있는 걸 보니 오늘 날씨는 하루 종일 매우 상쾌하리라는 생각이 든다. 더구나 요즘 이상 고온이라 할 만큼 예년보다 6~7도나 높은 포근한 날씨가 계속되니 오늘을 맞는 마음은 한결 봄볕에 피어오르는 아지랑이 같다.

우리는 오늘 '동행'을 한다. 소설가 전상국의 데뷔작인 〈동행〉이 함께한다. 〈동행〉은 작가의 작품에서 늘 중심 모티브가 되고 있으며, '그 밤 눈길을 걸어가는 두 사내의 발작 소리'는 모든 작품의 '영원한 주인공이고 영원한 모델'이라고 일러 준다. 그러한 작품 속 그 두 인물이 걸었던 '구듬치고개'를 오늘 실제 걷는다고 생각하니 그 얼마나 설레고 흥분되지 않을 수 있을까.

작가는 작품 속 '구듬치고개'가 실제로는 '와야리고개'라고 밝힌다. 서곡리 방향에서 와야분교(현재는 폐교)로 넘어가는 산길이다.

'정말 아쉬운 것은 그 작품을 쓸 때 내가 태어나 6살까지 자라고 수복 후 2년 간 학교를 다닌 내 고향 물걸리 마을을 찾아가는 배경으로 했으면서도 그 현장에 한 번 가 보지 않고 그냥 머리에 들어 뒀던 지명을 아무렇게나 썼다는 사실이다. 그것은 나중에 내 작품 〈同行〉의 현장을 찾아갔던 사람들로부터 항의를 받고 알게 됐다. 지명이 아무렇게나 마구

바뀌어 있어 적지 않은 혼란을 일으켰다는 것이다.'

(〈'동행'과 동행하는 내 문학〉,

《전상국 소설가와 함께하는 同行》, 홍천문화원, 2005)

작가의 고백처럼 소설 속 지명은 실제와 다르다. 하지만 작가
가 밝힌 것처럼 '두 인물이 걸었던 고개'는 실제의 '와야리고개'이고,
우리는 지금 '와야리고개'를 찾아가려는 것이다.

동행

우리는 함께 차 한 대로 홍천군 내촌면으로 향한다. 홍천에서
인제 방향으로 4차선 도로를 달리다 보면 20분도 채 지나지 않아 철
정 삼거리가 나오는데 거기서 오른쪽 2차선 도로로 접어들면 내촌
면이다. 홍천에서 출발한 지 30분이 지나 와야1리 와야삼거리에 이
른다. 그대로 직진하면 아홉사리 고개를 넘어 인제군 상남면이 나오
고 오른쪽 길로 들어서면 내촌초등학교 와야분교(지금은 폐교)를 지
나 작가의 고향 물걸리가 나온다. '와야리고개'가 와야분교 부근이
라는 말만 듣고 찾아가는 터라 와야삼거리에서 망설임도 없이 오른
쪽으로 꺾어 든다. 지금은 사람들이 일상적으로 다니지는 않는 길이
라지만 큰길에서 와야리고개로 접어드는 작은 길이 보이겠지 생각

하면서 내달렸다. 하지만 오 분도 채 지나지 않았는데 오른쪽에 벌써 폐교가 보인다.

"아, 이미 지난 것 같은데⋯⋯, 길이 있었나?"

다시 차를 돌려 와야삼거리 방향으로 산굽이를 돌아내려 가다가 마침 버스 정류장에 나와 있는 동네 아줌마에게 묻는다.

"여기 와야리고개라는 것이 어디 있나요? 지금은 사람들이 안 다니는 옛날 길, 와야초등학교로 질러가는 고개라고 하던데요."

"아, 지금 갈 수 있는지 모르겠네요. 아마 못 갈 거예요. 저 아래 내려가면 왼쪽으로 다리가 하나 있어요. 그쪽으로 올라가면 찾을 수 있을 거예요."

조금 내려오니 정말 왼쪽으로 작은 개울을 건너는 시멘트다리가 있다. 그 위 밭 가운데로 길이 있고 골짜기와 맞닿은 곳에 집이 한 채 있다. 거기서 골짜기로 이어진 산길을 찾아 보지만 길이라곤 보이지 않는다.

할 수 없이 사람을 찾아 물어볼 수밖에 없다. 두어 마디도 전에 문이 열리며 집안에서 사람이 나온다.

"여기 와야초등학교로 넘어가는 고갯길이 있나요?"

"글쎄요. 아마 갈 수 없을 텐데요. 길이 있긴 하지만⋯⋯."

그가 턱 끝으로 가리킨 방향을 보아도 길은 없어 보인다. 쳐다보이는 산등성이도 매우 낮은 편이다. 굳이 이곳을 소설의 배경으로 삼을 까닭은 없어 보인다.

451번 지방도 와야삼거리. 오른쪽 서석 방향이 〈동행〉 작가의 고향, 동창마을로 가는 길이다.

"여기 홍천 내촌에서 태어난 소설가가 있는데요, 그 작품 배경으로 와야리고개가 나오거든요. 그 길을 찾는 거예요."

"그렇다면 여기가 아니고 저 아래로 더 내려가야 해요. 큰길로 다시 나가 좀 내려가면 새로 놓인 다리가 하나 있어요. 다리를 건너서 올라가면 그 길로 갈 수 있어요."

아, 이 상황은 마치 소설 속에서 키 작은 사내가 와야리로 넘어가는 '구듬치고개'로 향하는 지름길을 찾다가 예전에는 없던 집 한 채를 발견하고 길을 묻는 상황과 비슷하다는 생각이 들었다.

산을 끼고 흐르던 개울이 점차 산비탈과 그 거리를 벌리면서 그 중간 쯤에 집 한 채가 오똑 눈에 띄었다.

"많이 변했군. 이런 데 집이 다 있구."

"거 말 좀 물어 봅시다. 구들치고개가 어디쯤 되우?"

"거 누군지 구들치고갤 찾는 걸 보니 와야릴 가는가 본데 에이 여보슈, 길을 영 잘못 잡았수다. 좀 돌더라도 큰길로 갈 것이지. 거 미욱하게시리 이 눈길에 구들칠 넘다니!"

― 전상국, 〈동행〉

우리는 다시 차를 타고 큰길로 나선다. 다시 와야삼거리이다. 그런데 칠십 미터 정도 더 내려갔을까 정말 개울을 건너는 시멘트 다리가 나온다.

"아, 여기네. 맞아, 시멘트 다리!"

다리 이름이 '와서교'이다. 6미터 폭으로 2003년 8월 2일 건설했다는 머릿돌이 있다. 다리의 길이는 길지 않다. 소설 속에 나오는 개울이라 할 수 없을 정도로 작다. 그래도 한겨울에 물이 있으니 소설 속의 개울이라 생각해도 좋을 듯하다.

온통 눈으로 덮인 개울은 처음엔 자갈이 밟혔다. 좀더 들어서자 덧물이 흘렀다가 언 층이 발 닿는 곳마다 부적부적 소릴 냈다. 큰 키의 사내는 언제나 앞선 쪽의 발자국을 되디디며 그것도 못 미더운지 몇 번씩 발을 굴러보곤 했다.

이때 앞서 걷던 사내가 뒤로 돌아서며, 여긴 안 되겠수다 —
중얼거리는 거와 동시에 그의 한 쪽 발이 뿌지직 얼음을 깨
뜨렸다. 그러자 사내는 다시 몸을 돌려 꺼져드는 얼음 위를
철벅철벅 걸어가며,

"어어 물 차다!"

꺼져 버린 얼음 조각들이 흐르는 물에 처르르 — 씻겨 내리
고 있었다. 눈 덮여 희던 개울바닥이 그가 걸어 나간 뒤를
좇아 차츰차츰 검은 빛으로 번져 나갔다.

그렇게 찬물 속을 철벅거리며 개울을 다 건넌 사내는 이쪽
에서 아직 어쩌지 못해 서성거리고 있는 큰 키의 사내를 향
해 소리치는 것이었다.

"제엔장, 일룬 안 되겠수다. 여긴 여울이라 놔서……."

— 전상국, 〈동행〉

우리는 다리를 건너 골짜기를 향해 걸어 오른다. 야트막한 비
탈밭 사이로 구브름한 길을 따라 오른다. 아침나절이라 산 너머에서
쏟아지는 햇살에 눈이 부실 정도이다. 밭이 끝나고 산기슭 옆으로
집 한 채가 보이고 차가 다닐 수 있을 정도로 길이 나 있다. 내심 '길
을 제대로 찾았구나!' 하고 안도의 숨을 내쉴 무렵 우리는 모두 화들
짝 놀라고 말았다.

"왕!왕! 으르렁! 컹!컹!"

날카로운 이빨을 드러내고 섬뜩이는 눈빛으로 금방 달려들 듯한 여러 마리의 개가 요란하게 짖는다. 동시에 우리도 발길을 뚝 멈추고 말았다. 주인을 만나 개를 진정시켜야 통과할 수밖에 없는 상황이다. 집 마당에 차가 세워져 있으니 당연히 사람이 있을 것이라 생각하고 마당으로 내려서 사람을 불렀지만 인기척이 없다. 집을 한 바퀴 돌아 나올 무렵 개가 있는 위쪽에서 주인을 만났다.

개는 신통하게도 주인의 말을 잘 따랐다. 주인이 그만 짖으라니까 거짓말처럼 딱 멈춘다. 앉으라니 앉고 일어서라니 일어선다. 마치 사람처럼 말귀를 잘 알아듣는다. 그러면서도 개는 낯선 손님의 행동거지를 놓치지 않고 경계하고 있다.

"여기 와야분교로 넘어가는 고개가 있죠?"

"네. 넘어갈 수 있긴 한데 지금은 길이 거의 없어졌어요."

"한 삼십 분이면 넘어가는 거 맞나요?"

"네. 아주 경치가 좋고요, 꼭대기 올라가면 전망도 참 좋아요."

개 주인은 스스로 앞장서며 우리를 안내한다. 집 앞까지 나 있던 넓은 길은 산길로 들어서자마자 좁디좁은 길이 되어 버린다. 꽤 오래 전부터 사람들의 발길이 끊어진 듯 나뭇가지와 풀에 묻혀 길이라 할 수 없을 정도였다. 바로 옆에 옛길이 있다면서도 살짝 비껴난 다른 길로 우리를 안내한다. 산은 그리 높지 않아 쳐다보면 바로 눈앞이다.

소설 속 '구듬치고개'를 넘기 위해 건너야 하는 개울. 사진 속 다리가 '와서교'이다.

    겨울인데도 마치 봄날같이 포근하기만 하다. 하늘도 구름 한 점 없이 맑아 바라보기만 해도 마음 속 때가 쏙 빠져 버릴 것 같다. 뒷짐을 짓고 보득솔밭을 찬찬히 오르는 발걸음마저 가볍다. 양지바른 오른쪽엔 아담한 무덤이 하나 앉아 있고, 아직 바람에 날려가지 못한 억새가 햇살을 받아 눈부시게 빛난다.

소설 속 키 큰 사내가 억구와 함께 이 고개를 오를 그때는 눈 쌓인 고갯길이었다. 두 인물이 길을 걷는 동안에도 소나무 위에 얹혔던 눈이 와르르 떨어져 내리는 밤길이었다. 하지만 우리는 지금 눈 없는 맑은 낮에 이 길을 걷는다. 둘이 아닌 여럿이서.

십오 분쯤 올랐을까, 산이 얕아 정상이랄 것도 없는 꼭대기에 다다른다. 멀리 높은 산이 눈앞에 펼쳐진다.

우리는 마치 세상의 맑은 공기를 다 들이마시겠다는 욕심이 일어서인지 큰 숨을 몇 번이고 들이쉬고 내쉬었다. 소나무 아래로 산길 양옆엔 꽃나무들이 줄지어 있다.

"꽃들이 피면 참 좋아요. 요 꽃눈 통통한 거 보이죠? 이제 꽃눈만 봐도 알아요. 이건 진달래이고요, 요건 철쭉이에요."

살짝 내리막길이다. 오늘은 봄날 같이 포근하지만 그래도 한겨울인지라 산길은 군데군데 얼어 미끄럽다. 조금 아래쪽으로 내려오니 꽤 넓은 옛 고갯길과 마주쳤다.

"여기가 와야분교로 넘어가는 고갯길이에요. 지금 온 길은 좋은 경치 보시라고 제가 운동 삼아 다니는 길로 온 거고요. 이제부터 길이 넓어요. 조금 내려가면 금방 학교가 보일 거예요. 그럼 잘 다녀오세요. 이따 돌아오실 때 전화 주세요."

우리를 안내했던 아저씨는 다시 골짜기 아래로 내려가고, 우리는 반대쪽 길로 갈라선다. 일행 중 한 명이 십 년 전 작가와 함께 이 길을 걸었다며 그날의 기억을 더듬는다.

"맞아요. 여기 송림도 있어서 그곳에서 시도 낭송하고 그랬거든요."

"아, 그래요? '키 작은 사내 억구'가 고향 와야릴 떠나서 아버지 무덤이 있는 고향을 다시 찾을 그때도 십 년이 넘은 후였지요. 그럼 우리도 여기서 시 한 수 낭송하고 갈까요?"

풋풋한 솔잎향을 마시며 우리는 각자 자신을 지탱해 줄 소나무 한 그루에 몸을 기댄다.

내리막길은 오를 때와는 전혀 다르다. 가파르지도 않고 좁지도 않을 뿐더러 하늘보다는 소나무 지붕으로 뒤덮을 정도로 솔숲이 펼쳐져 있다. 솔숲은 어디든 그렇듯이 다른 키 큰 나무는 보이지 않는다. 사람 키 만한 갈참나무를 제외하곤 모두가 솔그늘 아래에서 자란 키 작은 나무들 뿐이다. 주변으론 낙엽이 되어 떨어진 솔잎으로 바닥이 폭신하다. 여름이라면 넓적한 소나무 방댕이 위에 머리를 대고 드러누워 귓전에 흐르는 바람소리에 취할 것이다.

내려오는 길은 그리 길지 않다. 마른 억새풀 줄기를 몇 번 잡으면서 내려오면 바로 눈앞에 제멋대로 생긴 밭을 만날 수 있다. 겨울이라 평지 작업만 해 놓은 밭이 완만한 와야리고개의 한 부분처럼 보인다. 밭의 길이는 다 해 봤자 몇 십 미터 정도이다. 하지만 밭이 시작되는 부분부터는 길이 어디인지 분간할 수가 없다. 밭을 따라

와야리고개를 넘어 신작로에 닿으면 위쪽으로 와야분교가 보인다.

길이 있었으리라 짐작은 되지만 농기계로 평지 작업을 해 놓은 터라 길을 찾을 수는 없다. 할 수 없이 밭 여가리를 따라 푹푹 꺼지는 발자국을 내며 내려온다. 밭주인에게 뜨이면 야단맞을 것 같아 살금살금 고양이 걸음으로 내려온다.

밭 어귀에서부터 보였던 논둑 아래로 마을 집이 있고 시멘트 포장길이 나온다. 한겨울인데도 날씨가 따스하고 양지 바른 곳이라 그런지 길섶엔 벌써 돼지풀이 솟아날 준비를 한다. 논둑에 번진 두릅나무도 가지 끝마다 잎눈이 통통하다.

내촌초등학교 와야분교

　　시멘트 길을 따라 오 분도 채 되지 않게 타달타달 걸어 내려오면 큰 찻길과 만난다. 바로 그 직전 오른쪽에는 함석지붕과 흙벽으로 깔끔하게 단장한 아담한 집 한 채가 자리잡고 있다. 집 뒤꼍엔 오래된 밤나무가 긴긴 세월 속에서 하얗게 허물을 벗고 서 있다. 사람들은 그냥 지나쳐 버렸겠지만 이 밤나무는 백 년 가까운 세월 속에서 와야리고개를 넘는 마을 사람들을 기억할지도 모른다. 서로 경계의 눈빛을 보내며 동행했던 '키 작은 사내'와 '키 큰 사내'도 이 밤나무 옆을 지나갔으리라.

우리가 막 찻길에 도착했을 때 내촌초등학교 통학차량이 아이들 몇을 내려놓고 곱돌아서 달린다. 찻길에서 눈을 들어 위쪽을 바라보면 전형적인 학교 건물이 하나 시야에 들어온다. 찻길을 따라 몇 십 미터 걸어 올라가면 지금은 폐교가 된 내촌초등학교 와야분교를 만나게 된다.

교문 앞 왼쪽엔 무궁화 나무가 서 있고 울타리 경계엔 잣나무가 둘러져 있다. 학교 교문은 '키 작은 사내'와 '키 큰 사내'의 동행을 상징하듯 한쪽은 하늘색, 또 한쪽엔 하얀 페인트가 칠해져 있고, 왼쪽 문엔 '와', 오른쪽 문엔 '야'라는 철물 글씨가 붙어 있다. 옆으로 열려 있는 쪽문으로 들어가려다 말고 교문 안쪽으로 손을 넣어 걸쇠를 밀어 교문을 열어젖혔다. 폐허가 된 농촌 마을에 다시 집이 들어서고, 닫힌 교문이 활짝 열리기를 간절히 희망하는 마음에서 말이다. 눈이 녹아 질척한 운동장 안쪽으로 발걸음을 옮기는데 와자지껄 떠드는 아이들의 목소리가 귓전에 들리는 것 같다.

작가의 고향, 동창마을

와야분교에서 승용차로 10분이 채 안 되는 거리에 작가의 고향 '동창마을'이 있다. 마을은 길을 따라 들어서면 논과 밭이 펼쳐진 가운데 동창초등학교로부터 시작된다. '꿈과 슬기, 아름다움이 있는 학교'라는 간판을 중심으로 연한 분홍과 하늘색, 노랑이 어울린 일자형 낮은 학교 건물이 나타난다. 그 뒤로는 부드러운 곡선의 아름다움을 자랑하는 야트막한 동산이 밑그림으로 깔려 있다.

동창마을에 가면 광복 50주년동창만세운동기념사업회가 조성한 기미만세공원이 있다. 만세운동은 1919년 4월 3일, 홍천 '내촌면, 화촌면, 서석면, 내면, 인제군 기린면 등 다섯 고을에서 수천여 군중이 운집'하여 '자유와 독립을 찾기 위해' 외쳤는데, 이때 일제의 총탄에 이순극을 비롯한 여덟 사람이 숨졌고 많은 이들이 부상을 당했다. 당시 숨진 여덟 의사를 기리고 기미독립만세운동의 뜻을 이어받고자 공원을 조성하고 '기미만세상'을 세웠다.

기미만세공원으로 들어서면 순국팔열사기념비가 있는 팔렬각이 가장 먼저 눈에 들어온다. 이어 '기미만세상'에 오르기까지 오른쪽으로 많은 비문이 세워져 있는데 보는 이들에 따라 느낌은 다르다. 역사를 기념하는 조형물이나 공원을 조성할 때 누가, 어떻게, 무엇을 기리고자 했는가에 따라 달라질 수 있음을 깨달을 수 있는 곳이다.

동창마을에는 1963년 개교한 팔렬중고등학교가 있는데 만세운동 당시 순국한 여덟 열사의 얼을 기리고 정신을 계승하기 위해 뜻을 모아 설립한 학교이다.

마을길로 발걸음을 조금 옮기면 현재 발굴 조사 중인 홍천 물

기미만세공원에 있는 기미만세상

걸리 사지도 살펴볼 수 있다. 절터임을 알리는 한 자 높이의 경계를 넘어가면 통일신라시대로 짐작되는 아주 오래된 기와 조각이 수없이 발에 밟힌다. 이 절터에는 석조여래좌상을 비롯한 보물 다섯 점이 보관되어 있는데, 강원도 내에서 한곳에 보물이 가장 많은 유적지라고 한다. 불상대좌의 사자상을 찬찬히 살피면 거대함에 앞서 매

기미만세공원의 물걸리 기미만세운동기념비

우 정교하고 화려하여 찬란한 문화가 오랫동안 꽃피웠음을 짐작할
수 있다.

동학혁명군 전적지

동창마을에서 수하리를 거쳐 홍천 풍암리 동학혁명군 전적지
에 이르는 길은 약 사십 리 길, 하지만 자동차로는 20분이 채 안 되

는 가까운 거리이다.

동학은 1894년 3월 전라도를 중심으로 봉기하였고 9월에 이르러 전국적으로 확산되었다. 강원도에서도 강릉부를 점령한 뒤 11월까지 혁명군의 활동이 계속되었는데, 이곳 풍암리에서 마지막 항전을 벌였다. 희생된 농민군의 피가 흙을 적셔 '자작자작' 소리가 날 정도로 고였다는, 당시 수백 명이 희생된 이곳 자작고개에 주민들이 뜻을 모아 동학혁명군위령탑을 세웠다.

지금은 황량한 언덕 자작고개에 단출하게 위령탑만 서 있지만, 솔숲에서 벌어진 마지막 항전의 기세가 눈앞에 펼쳐지고 푸른 하늘에 울려 퍼지는 함성 소리가 드넓은 벌판을 채우는 듯하다.

위령탑에서 우리를 안내한 마을 이장은 묻지도 않았는데 한국전쟁 때의 또다른 참상을 들려준다. 북쪽 군대가 들어와 남쪽 경찰이 희생되고, 다시 남쪽 군대가 들어왔을 땐 마을 사람들이 수없이 희생되었다고 한다. 사람들에게 전쟁은 무엇일까?

난리였다. 38선이 가까워 마을 아래 강변 큰길을 따라 국방군 트럭이 태극기를 꽂고 지나다니는 것을 몇 번 보았지만 총소리 한 번 들어 보지 못한 채 난리를 맞았다. 자고 일어나 보니 세상이 바뀌었다. 생전 처음 보는 군대들이 마을을 휘젓고 다녔다.

......

나는 그때 세상 돌아가는 일에 대해서 너무나 아는 게 없었다. 난리가 왜 일어났는지, 누가 옳고 그른 것인지, 나와 가까운 사람들이 난리와 무슨 상관이 있느냐 하는 그런 생각을 가지고 그 난리를 맞았던 것이다.

— 전상국, 〈아베의 가족〉

전쟁은 순박한 사람들을 죽음으로 내몰았다. 한국전쟁에 의해 아무 죄도 없이 사람들은 수없이 죽어 갔으며, 가족이 비극을 맞고 고향이 파괴되었다. 전쟁 당시 희생된 사람들이 지금도 이 벌판 어딘가에 동학혁명군과 함께 한꺼번에 묻혀 있을 것이란 이야기이다. 1976년 '새마을 사업'으로 길을 닦던 지역 주민들이 숱한 유해를 발견하고 다음 해 동학혁명군위령탑이 세워졌지만, 한국전쟁으로 희생된 숱한 원혼이 아직도 축축하고 어두운 논바닥 밑에 갇혀 있는 것을 생각하니 가슴이 답답해 온다.

진정한 화해,
그리고 동행의 길

우리는 오늘 잠시나마 하루 동안의 '동행'의 길에 섰다. 전상국 작가의 〈동행〉 답사는 한국 근현대사의 현장을 이어 주는 의미 있는 길이 아닐 수 없다. 1890년대 동학혁명, 1910년대 삼일만세항일운동, 1950년대 한국전쟁, 그리고 2010년대의 오늘······.

　내가 태어나고 자란 곳은 산길을 오르고 고개를 넘어 물을 건너야 하는, 신작로에서도 보이지 않는 산촌 마을이다. 어릴 적 어머니가 들려준 이야기로는, 한국전쟁 때 아군이나 적군이나 가릴 것 없이 부상병이나 낙오병들이 숨어들었던 곳이다. 그런 산촌 마을에도 국군과 인민군이 거쳐 지나갔고, 미군과 중공군이 시간차를 두고 찾아들었다. 국적도 다르고 전쟁 목적도 달랐지만 뒤처진 부상병이라는 신세로, 폭격으로 인해 지붕이 뚫린 안방에서 그들은 어둠 속에서 함께 잠을 이루었다. 모두가 한결같이 떠나온 집을 떠올리며 뚫어진 지붕 너머 반짝이는 별을 바라보았을 것이다. 어머니는 그들에게 방을 내주고 밥을 지어 주었다. 두려워서일까? 어쩔 수 없는 상황이었을까? 아니면 안타까워서일까? 어떤 이유이든 그들은 떠나면서 고마움의 표현을 하였다. 전쟁통에 어머니는 형제자매와 부모님을 잃었다. 우리 큰아버지도 마을에 미군이 들어오기 직전 피신한다며 급히 마을을 떠난 이후 돌아오지 못했다.

　우리 마을을 들고날 때는 어김없이 자작고개를 넘는다. 풍암리의 자작고개도, 우리 고향의 자작고개도 같은 연유에서 비롯된 이름인지 모른다.

　사실 드러내고 보면 어떤 지역이나 어느 집안이나 마찬가지이다. 우리가 살고 있는 곳, 우리가 가는 곳은 어디나 마찬가지로 '자

풍암리 자작고개에 세운 동학농민군위령탑.

작고개'이고 '와야리고개'이다. 우리 모두가 갈등과 화해의 눈길을
걸어가는 소설 〈동행〉 속의 인물인 셈이다.

아버지와 딸, 어머니와 아들, 어버이 세대와 우리들의 세대, 전
쟁을 겪은 세대와 그렇지 않은 세대, 남과 북, 분단과 통일, 과거와
현재, 남과 여, 만남과 이별, 이념과 시대, ……, 서로 다른 모든 것
들. 그러나 이들은 모두 서로 다른 것들이 아니라 시작도 끝도 결국
같은 것이기에 '동행'해야만 하리라. 이 땅에서 적어도 통일되기 전
까지는 '가해자'와 '피해자'가 따로 구분되는 것은 아니지 않을까. 우
리가 살아간다는 것은 어쩌면 서로 다른 모든 것들과 동행하지 않으

면 안 되는 것일지도 모른다.

하얀 눈이 펑펑 내려 세상의 모든 갈등을 덮어 버리면 좋겠다.
그리고 그 하얀 눈이불 속에서 평화와 사랑의 파란 새싹이 수없이
솟아나길 기원한다.

글. 김을용

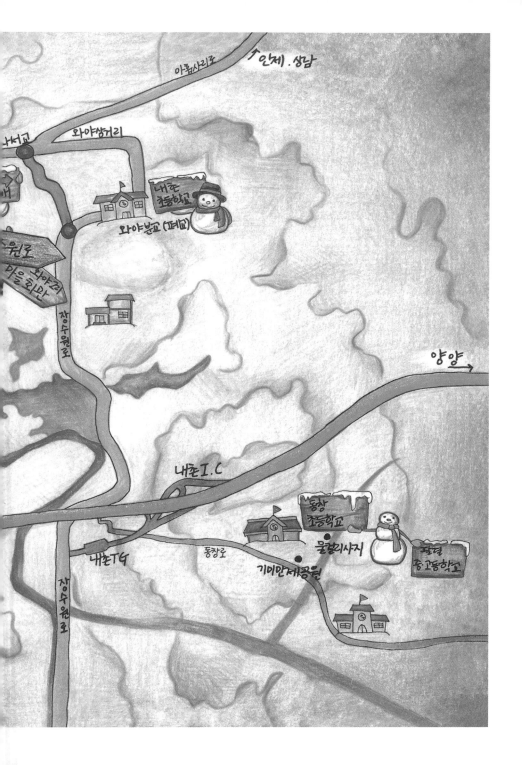

기미만세공원

기미만세공원이 있는 홍천군은 강원도 중서
부에 위치, 영동과 영서를 이어주는 교통의 요지
이다. 홍천은 동학농민군 최후의 항전지이면서 일제강
점기에는 만세운동도 치열하게 벌였다.
기미만세공원도 그런 숭고한 뜻을 되새겨 주는 명소
이다. 1919년 4월 1일 일제 탄압에 항거, 만세운동을 하다 이곳에서 순직한 8열사를 추모하기
위하여 1963년 관과 민이 합동하여 팔렬각을 세웠다. 이후 세월이 흐르면서 팔렬각이 노후되자
당시 만세운동에 참여했던 모든 선열들의 뜻을 기리고자 1990년 2월 28일에 기미만세공원 추
진위원회를 구성했다. 군민의 성금과 독지가의 도움, 군비를 투자하여 약 5,700m^2의 부지에 기
미만세상을 세우고 부대시설을 만드는 등 공원을 조성했다.

홍천 물걸리 절터

이 절터는 절 이름을 알 수 없으나, 전
해 오는 말에 홍양사(洪陽寺) 터라고 한
다. 1967년 통일신라시대의 금동여래
입상 1구를 비롯하여 철불 조각, 청자
편, 수막새와 암막새 기와, 암키와 조작,
청자 조각, 토기 조각, 조선 시대 백자
조각 등이 발견되었다. 이로 미루어 보
면, 통일신라시대부터 조선시대까지 절
이 유지되었음을 알 수 있다.
절터에는 석조여래좌상(보물 541호), 석조비로자나불좌상(보물 542호), 불대좌(보물 543호),
불대좌 및 광배(보물 544호), 3층 석탑(보물 545호) 등 보물 5점이 보관되어 있어, 강원도내에
서는 한 곳에 보물이 가장 많은 유적지이다.
하나의 절에 4구의 대형 불상이 있는 것으로 보아 절의 규모가 상당히 컸던 것으로 짐작된다.

홍천 풍암리 동학혁명군 전적지

강원도 홍천군 서석면 풍암리에 있으며, 강원도 기념물 제25호로 지정되었다. 이곳은 조선 말기인 강원도의 동학혁명군이 관군에 맞서 싸우다 희생된 전적지이다. 1894년 1월 고부에서 시작하여 전라도를 중심으로 전개된 농민들의 반봉건 반침략 투쟁은 그해 9월부터 전국으로 확대되었다. 강원도에서도 9월 4일 강릉부를 점령한 뒤 11월까지

혁명군의 활동이 계속되었다. 홍천 쪽의 싸움은 강릉, 양양, 원주, 횡성, 홍천의 5읍 접주로 불리던 차기석이 10월 13일 밤 홍천군 내촌면 동창을 들이친 뒤, 10월 21일 화촌면 장야촌에서 토벌대와 맞섰다. 30여 명의 희생자를 남기고 서석으로 후퇴한 혁명군은 추격해온 관군과 이곳 진등을 중심으로 다시 전투를 벌여 수백 명의 희생자를 남겼다. 강원도 동학혁명군의 최대 격전지인 이곳 진등 자작고개에서 지역 주민들이 숱한 유해들을 발견하고 동학혁명 위령탑을 세웠다.

작가 전상국에 대하여

1940년 3월 12일 강원도 홍천 태생. 춘천고를 거쳐 경희대 국문학과 및 동대학원을 졸업하였다. 현대문학상, 한국문학작가상, 동인문학상, 대한민국문학상, 윤동주문학상, 김유정문학상 등을 수상했다. 1963년 《조선일보》 신춘문예에 단편 〈동행〉이 당선되어 등단했다. 1974년 《창작과비평》에 〈전야〉를 발표하면서 본격적인 작품활동을 시작하였다. 전상국 문학의 중심 소재는 분단 문제이다. 등단작인 〈동행〉에서 〈아베의 가족〉(1979), 〈길〉(1985) 연작에 이르는 그의 분단소설들은 전쟁의 폭력성과 그로 인한 상처들을 증언하며 동시에 그 상처의 치유가 우리 모두의 몫이라는 사실을 강조하고 있다.